悟透是岁月，走过才是人生

史铁生 巴金 等 著

西苑出版社
XIYUAN PUBLISHING HOUSE
·北京·

图书在版编目（CIP）数据

悟透是岁月，走过才是人生 / 史铁生等著 . -- 北京：西苑出版社有限公司，2025. 6. -- ISBN 978-7-5151-1024-0

Ⅰ. I266

中国国家版本馆 CIP 数据核字第 20243FD549 号

悟透是岁月，走过才是人生

作　　者	史铁生等
责任编辑	杨　超
责任校对	彭洪清
责任印制	李仕杰
开　　本	710 毫米 ×1000 毫米　1/16
印　　张	18
字　　数	220 千字
版　　次	2025 年 6 月第 1 版
印　　次	2025 年 6 月第 1 次印刷
印　　刷	三河市元兴印务有限公司
书　　号	ISBN 978-7-5151-1024-0
定　　价	49.80 元

出版发行	**西苑出版社有限公司**　北京市朝阳区利泽东二路 3 号 邮编：100102
发 行 部	(010)84254364
编 辑 部	(010)64210080
总 编 室	(010)88636419
电子邮箱	xiyuanpub@163.com
法律顾问	北京植德律师事务所　（电话）17600603461

目录

第一章

心怀欢喜，不慌不忙

第二章

凡事看淡，通透自醒

第三章

时间不语，次第花开

第四章

心胸壮阔，志向高远

第五章

读书是最好的修行

第六章

慢慢走，欣赏啊

第一章

心怀欢喜，不慌不忙

喜欢与爱

//

史铁生

说真的，我并不喜欢我的家乡，可扪心而问，我的确又是爱它的。但愿前者不是罪行，后者也并非荣耀。大哲有言，“人是被抛到世界上来的”，故有权不喜欢某一处“被抛到”的地方。可我真又是多么希望家乡能变得让人喜欢呀，并为此愿付绵薄之力。

不过，我的确喜欢家乡的美食，可细想，我又真是不爱它。喜欢它，一是习惯了，二是它确实色香味俱佳。不爱它，是说我实在不想再为它做什么贡献：原因之一是它已然耗费了吾土吾民太多的财源和心力；二是它还破坏生态，甚至灭绝某些物种。

喜欢但是不爱，爱却又并不喜欢，可见喜欢与爱并不是一码事。喜欢，是看某物好甚至极好，随之而来的念头是：欲占有。爱，则多是看某物不好或还不够好，其实是盼望它好以至非常好，随之而得的激励是：愿付出。

尼采的“爱命运”也暗示了上述二者的不同。你一定喜欢你的命运吗？但无论如何你要爱它；既要以爱的态度对待你所喜欢的事物，也要以同样的态度对待你不喜欢的事物。大凡现实，总不会都让人喜欢，所以会有理想。爱是理想，是要使不好或不够好的事物好起来，便有“超人”的色彩。喜欢是满意、满足，甚至再无更高的期盼，一味地满意或满足者若非傻瓜，便是“末人”的征兆。

把喜欢当成爱，易使贪贼冒充爱者。以为爱你就不可以指责你，不能反对你，则会把爱者误认为敌人。所以，万不可将喜欢和爱强绑一处。对于高举爱旗——大到爱国，小到爱情——而一味颂扬和自吹自擂的人，凝神细看，定能见其贪图。

爱情也会有贪图吗？譬如傍大款的，哪个不自称是“爱情”？爱国者也可能有什么贪图吗？从古到今的贪官，有谁不说自己是“爱国者”？上述两类都不是爱而仅仅是喜欢，都没有“愿付出”而仅仅是“欲占有”。喜欢什么和占有什么呢？前者指向物利，后者还要美名。

爱情，追求喜欢与爱二者兼备。二者兼备实为难得的理想状态，爱情所以是一种理想。而婚姻，有互相的喜欢就行，喜欢淡去的日子则凭一纸契约来维系，故其已从理想的追求降格为法律的监管。美满家庭，一方面需要务实的家政——不容侵犯的二人体制，和柴米油盐的经济管理，倘其乱套，家庭即告落魄，遂有解体之危；另一方面又要有务虚的理想或信仰——爱情，倘其削弱、消失或从来没有，家庭即告失魂，即便维持也是同床异梦。爱国的事呢，是否与此颇为相似？

不过，爱情的理想仅仅是两个人的理想吗？压根儿就生在孤岛上的一对男女，谈什么爱情呢？最多是相依为命。孤岛上的爱情，必有大陆或人群做背景——他们或者是一心渴望回归大陆，或者原就是为躲避人群的伤害。总之，唯在人群中，或有人群为其背景，爱情才能诞生，理想才能不死。仅有男女而无人群，就像只有种子而无阳光和土地。爱情，所以是博爱的象征，是大同的火种，是于不理想的现实中一次理想的实现，是“通天塔”的一次局部成功。爱情正如艺术，是“黑夜的孩子”，是“清晨的严寒”，是“深渊上的阶梯”，是“黑暗之子，等待太阳”；爱情如此，爱国也是这样啊，堂堂人类怎可让一条条国境线给搞糊涂呢！

良善家庭的儿女，从小就得到这样的教育：要关爱他人，要真诚对待他人，要善解人意，要虚心向别人学习……怎么长大了，一见国、族，倒常有相反的态度在大张旗鼓？还是没看懂“喜欢”与“爱”的区别吧。不爱人，只爱国，料也只是贪图其名，更实在的目的不便猜想。爱人，所以爱国，那也就不会借贬低邻人来张扬自己了——是这么个理儿吧？

严霜下的梦

//

茅盾

七八岁以至十一二，大概是最会做梦最多梦的时代罢？梦中得了久慕而不得的玩具；梦中居然离开了大人们的注意的眼光，畅畅快快地弄水弄火；梦中到了民间传说里的神仙之居，满攫了好玩的好吃的。当母亲铺好了温暖的被窝，我们孩子勇敢地钻进了以后，嗅着那股奇特的旧绸的气味，刚合上了眼皮，一些红的、绿的、紫的、橙黄的、金碧的、银灰的，圆体和三角体，各自不歇地在颤动，在扩大，在收小，在漂浮的，便争先恐后地挤进我们孩子的闭合的眼睑；这大概就是梦的接引使者罢？从这些活动的虹桥，我们孩子便进了梦境；于是便真实地享受了梦国的自由的乐趣。

大人们可就不能这么常有便宜的梦了。在大人们，夜是白天勤劳后的休息；当四肢发酸，神经麻木，软倒在枕头上以后，总是无端地便失了知觉，直到七八小时以后，苏生的精力再机械地唤醒他，方才揉了揉睡眼，再奔赴生活的前程。大人们是没有梦的！即使有了梦，那也不过是白天忧劳苦闷的利息，徒增醒后的惊悸，像一篇好的悲剧，夸大地描出了悲哀的组织，使你更能意识到而已。即使有了可乐意的好梦，那又还不是睡谷的恶意的孩子们来嘲笑你的现实生活里的失意？来给你一个强烈的对比，使你更能意识到生活的愁苦？

能够真心地如实地享受梦中的快活的，恐怕只有七八岁以至十一二的孩子罢？在大人们，谁也没有这等廉价的享乐罢？说是尹氏的役夫曾经真心地如实地享受过梦的快乐，大概只不过是伪《列子》杂收的一段古人的寓言罢哩。在我尖锐的理性，总不肯让我跌进了玄之又玄的国境，让幻想的抚摸来安慰了现实的伤痕。我总觉得，梦，不是来挖深我的创痛，就是来嘲笑我的失意；所以我是梦的仇人，我不愿意晚上再由梦来打搅我的可怜的休息。

但是惯会揶揄人们的顽固的梦，终于光顾了；我连得了几个梦。

——步哨放得多么远！可爱的步哨呵：我们似曾相识。你们和风雨操场周围的荷枪守卫者，许就是亲兄弟？是的，你们是。再看呀！那穿了整齐的制服，紧捏着长木棍子的小英雄，够多么可爱！我看见许多认识的和不认识的面孔，男的和女的，穿便衣的和穿军装的，短衣的和长褂的：脸上都耀着十分的喜气，像许多小太阳。我听见许多方言的急口的说话，我不尽懂得，可是我明白——真的，我从心底里明白他们的意义。

——可不是？我又听得悲壮的歌声，激昂的军乐，狂欢的呼喊，春雷似的鼓掌，沉痛的演说。

——我看见了庄严，看见了美妙，看见了热烈；而且，该是一切好梦里应有的事罢，我看见未来的憧憬凝结而成为现实。

——我的陶醉的心，猛击着我的胸膈。呀！这不客气的小东西，竟跳出了咽喉关，即使我的两排白灿灿的牙齿是那么壁垒森严，也阻不住这猩红的一团！它飞出去了，挂在空间。而且，这分明是荒唐的梦了。我看见许多心都从各人的嘴唇边飞出来，都挂在空间，联结成为红的热的动的一片；而且，我又见这一片上显出字迹来。

——我空着腔子，努力想看明白这些字迹。头是最先看见："中国民族革命的发展。"尾巴也映进了我的眼帘："世界革命的三大柱石。"可是中段，却很模糊了；我继续努力辨识，忽然，轰！屋梁凭空掉下来。好像我也大叫了一声；可是，以后，什么都不知道，什么都已消灭！

我的脸，像受人批了一掌；意识回到我身上；我听得了扑扑的翅膀声，我知道又是那不名誉的蝙蝠把它的灰色的似是而非的翼子扇了我的脸。

"呔！"我不自觉地喊出来。然后，静寂又回复了统治；我只听得那小东西的翅膀在凝冻的空气中无目的地乱扑。窗缝中透进了寒光，我知道这是肃杀的严霜的光，我翻了个身，又沉沉地负气似的睡着了。

——好血腥呀，天在雨血！这不是宋王皮囊里的牛羊狗血，是真正老牌的人血。是男子颈间的血，女人的割破的乳房的血，小孩子心肝的血。血，血！天开了窟窿似的在下血！青绿的原野，染成了绛赤。我撩起了衣裾急走，我想逃避这还是温热的血。

——然后，我又看见了火。这不是 Nero[①] 烧罗马引起他的诗兴的火，

① Nero：即尼禄，古罗马帝国皇帝。

这是地狱的火；这是 Surtr[①] 烧毁了空陆冥三界的火！轰轰的火柱卷上天空，太阳骇成了淡黄脸，苍穹涨红着无可奈何似的在那里挺挨。高高的山岩，熔成了半固定质，像饧糖似的软摊开来，填平了地面上的一切坎坷。而我，我也被胶结在这坦荡荡的硬壳下。

“呔！”

冷空气中震颤着我这一声喊。寒光从窗缝中透进来，我知道这还是别人家瓦上的严霜的光亮，这不是天明的曙光；我不管事似的又翻了个身，又沉沉地负气似的睡着了。

——玫瑰色的灯光，射在雪白的臂膊上；轻纱下面，颤动着温软的乳房，嫩红的乳头像两粒诱人馋吻的樱桃。细白米一样的齿缝间淌出 Sirens[②] 的迷魂的音乐。可爱的 Valkyrs[③]，刚从血泊里回来的 Valkyrs，依旧是那样美妙！三四辈少年，围坐着谈论些什么；他们的眼睛闪出坚决的牺牲的光。像一个旁观者，我完全迷乱了。我猜不透他们是准备赴结婚的礼堂呢，抑是赴坟墓？可是他们都高兴地谈着我所不大明白的话。

——“到明天……”

——“到明天，我们不是死，就是跳舞了！”

——我突然明白了，同时，我的心房也突然缩紧了；死不是我的事，跳舞有我的份儿么？像小孩子牵住了母亲衣裙要求带赴一个宴会似的，

---

① Surtr：即北欧神话中的火巨人苏尔特尔，穆斯贝尔海姆的守护者。传说，他一直手持光芒之剑，站在穆斯贝尔海姆的边界守护着这个国度。

② Sirens：希腊神话中人首鸟身的海妖塞壬。她们飞翔在大海上，拥有天籁般的歌喉，常用歌声诱惑过路的航海者；致使航船触礁沉没。

③ Valkyrs：音译为瓦尔基里，北欧神话中神的十二侍女之一，其职责是翱翔战场上空，选择阵亡者，并将他们的英灵引至奥定神殿享永恒盛宴。

我攀住了一只臂膊。我祈求，我自讼。我哭泣了！但是，没有了热的活的臂膊，却是焦黑的发散着烂肉臭味的什么了——我该说是一条从烈火里掣出来的断腿罢？我觉得有一股铅浪，从我的心里滚到脑壳。我听见女子的歇斯底里的喊叫，我仿佛看见许多狼，张开了利锯样的尖嘴，在撕碎美丽的身体。我听得愤怒的呻吟。我听得饱足了兽欲的灰色东西的狂笑。

我惊悸地抱着被窝一跳，又是什么都没有了。

呵，还是梦！恶意的揄揶人的梦呵！寒光更强烈地从窗缝里探进头来，嘲笑似的落在我脸上；霜华一定是更浓重了，但是什么时候天才亮呀？什么时候，Aurora[①] 的可爱的手指来赶走凶残的噩梦的统治呀？

1928 年 1 月 12 日

① Aurora：古罗马神话中的“曙光女神”奥罗拉。

朋友

//

巴金

这一次的旅行使我更明了一个名词的意义，这名词就是朋友。

七八天以前我曾对一个初次见面的朋友说："在朋友们的面前我只感到惭愧。他们待我太好了，我简直没有方法可以报答他们。"这并不是谦逊的客气话，这是真的事实。说过这些话，我第二天就离开了那朋友，并不知道以后还有没有机会和他再见。但是他所给我的那一点温暖至今还使我的心在颤动。

我的生命大概不会是久长的吧。然而在那短促的过去的回顾中却有一盏明灯，照彻了我的灵魂的黑暗，使我的生存有一点光彩，这明灯就是友情。我应该感谢它，因为靠了它我才能够活到现在；而且把旧家庭所给我的阴影扫除掉的也正是它。

世间有不少的人为了家庭弃绝朋友，至少也会得在家庭和朋友之间划一个界限，把家庭看得比朋友重过许多倍。这似乎是很自然的事情。我也曾亲眼看见，一些人结了婚过后就离开朋友、离开事业，使得一个粗暴的年轻朋友竟然发生一个奇怪的思想，说要杀掉一个友人之妻以警戒其余的女人。当他对我们发表这样的主张时，大家都取笑他。但是我后来知道了一件事实：这朋友因为这个缘故便逃避了两个女性的追逐。

朋友是暂时的，家庭是永久的，在好些人的行动里我发现了这个信条。这个信条在我实在是不能够了解的。对于我，要是没有朋友，我现在会变成什么样的东西，我自己也不知道。也许我也会讨一个老婆，生几个小孩，整日价做着发财的梦……

然而朋友们把我救了。他们给了我家庭所不能够给的东西。他们的友爱，他们的帮助，他们的鼓励，几次把我从深渊的沿边挽救回来。他们对于我常常显露了大量的慷慨。

我的生活曾是悲苦的，黑暗的。然而朋友们把多量的同情、多量的爱、多量的眼泪都分给了我，这些东西都是生存所必需的。这些不要报答的慷慨的施与，使我的生活里也有了温暖，有了幸福。我默默地接受了他们，也并不曾说过一句感激的话。我也没有做过一件报答的行为。但是朋友们却不把自私的形容词加到我的身上。对于我，他们太大量了。

这一次我走了许多新的地方，看见许多的朋友。我的生活是忙碌的：忙着看，忙着听，忙着说，忙着走。但是我不曾感受到一点困难，朋友给我预备好了一切，使我不会缺乏什么。我每走到一个新地方，我就像回到了我的在上海的被日军毁掉了的旧居。而那许多真挚的笑脸却是在上海所不常看见的。

每一个朋友，不管他自己的生活是怎样困苦简单，也要慷慨地分些些东西给我，虽然明明知道，我不能够给他一点报答。有些朋友，甚至他们的名字我以前还不知道，他们却也关心到我的健康，处处打听我的病况，直到他们看见了我的被日光晒黑了的脸和手膀，他们才放心微笑了。这种情形确实值得人流泪呵。

有人相信我不写文章就不能够生活。两个月以前，一个同情我的上海朋友寄稿到《广州民国日报》的副刊，说了许多关于我的生活的话。他也说我一天不写文章第二天就没有饭吃。这是不确实的。这次旅行就给我证明出来，即使我不写一个字，朋友们也不肯让我冻馁。世间还有许多大量的人，他们并不把自己个人和家庭看得异常重要，超过了一切的。靠了他们我才能够生活到现在，而且靠了他们我还要生活下去。

朋友们给我的东西是太多太多了。我将怎样报答他们呢？但是我知道他们是不需要报答的。

我近来在朋友的书里读到了这样的话："消费乃是生命的条件……世间有一种不能与生存分开的力量，要是没有了它，我们就会死，就会内部地干枯起来。我们必须开花。道德、无私心就是人生之花。"

在我的眼前开放着这么多的人生的花朵了。我的生命要到什么时候开花？难道我已经是"内部地干枯"了么？

一个朋友说过："我若是灯，我就要用我的光明来照彻黑暗。"

我不配做一盏明灯。那么让我来做一块木柴吧。我愿意把我从太阳里受到的热放散出来，我愿意把自己烧得粉身碎骨来给这人间添一些温暖。

我在北京大学的经历

//

蔡元培

北京大学的名称，是从民国元年起的；民元以前，名为京师大学堂；包有师范馆、仕学馆等，而译学馆亦为其一部；我在民元前六年，曾任译学馆教员，讲授国文及西洋史，是为我北大服务之第一次。

民国元年，我长教育部，对于大学有特别注意的几点：一、大学设法商等科的，必设文科；设医农工等科的，必设理科。二、大学应设大学院[①]，为教授、留校的毕业生与高级学生研究的机关。三、暂定国立大学五所，于北京大学外，再筹办大学各一所于南京、汉口、四川、广州等处。（尔时想不到后来各省均有办大学的能力。）四、因各省的高等学堂，本仿日本制，为大学预备科，但程度不齐，于入大学时发生困难，乃废止高等学堂，于大学中设预科。（此点后来为胡适之先生等所非难，因各省既不设高等学堂，就没有一个荟萃较高学者的机关，文化不免落后；但自各省竞设大学后，就不必顾虑了。）

---

① 大学院：相当于今天的研究院。

是年，政府任严幼陵君为北京大学校长；两年后，严君辞职，改任马相伯君，不久，马君又辞，改任何锡侯君，不久又辞，乃以工科学长胡次珊君代理。民国五年冬，我在法国，接教育部电，促回国，任北大校长。我回来，初到上海，友人中劝不必就职的颇多，说北大太腐败，进去了，若不能整顿，反于自己的声名有碍，这当然是出于爱我的意思。但也有少数的说，既然知道他腐败，更应进去整顿，就是失败，也算尽了心。这也是爱人以德的说法。我到底服从后说，进北京。

我到京后，先访医专校长汤尔和君，问北大情形。他说："文科预科的情形，可问沈尹默[①]君；理工科的情形，可问夏浮筠君。"汤君又说："文科学长如未定，可请陈仲甫君；陈君现改名独秀，主编《新青年》杂志，确可为青年的指导者。"因取《新青年》十余本示我。我对于陈君，本来有一种不忘的印象，就是我与刘申叔[②]君同在《警钟日报》服务时，刘君语我："有一种在芜湖发行之白话报，发起的若干人，都因困苦及危险而散去了，陈仲甫一个人又支持了好几个月。"现在听汤君的话，又翻阅了《新青年》，决意聘他。从汤君处探知陈君寓在前门外一旅馆，我即往访，与之订定；于是陈君来北大任文科学长，而夏君原任理科学长，沈君亦原任教授，一仍旧贯；乃相与商定整顿北大的办法，次第执行。

我们第一要改革的，是学生的观念。我在译学馆的时候，就知道北京学生的习惯。他们平日对于学问上并没有什么兴会，只要年限满后，可以得到一张毕业文凭。教员是自己不用功的，把第一次的讲义，照样

---

① 沈尹默（1883 — 1971）：著名学者、诗人、书法家、教育家。

② 刘申叔：即指中国经学家、北京大学教授刘师培。

印出来，按期分散给学生，在讲坛上读一遍，学生觉得没有趣味，或瞌睡，或看看杂书，下课时，把讲义带回去，堆在书架上。等到学期、学年或毕业的考试，教员认真的，学生就拚命的连夜阅读讲义，只要把考试对付过去，就永远不再去翻一翻了。要是教员通融一点，学生就先期要求教员告知他要出的题目，至少要求表示一个出题目的范围；教员为避免学生的怀恨与顾全自身的体面起见，往往把题目或范围告知他们了。于是他们不用功的习惯，得了一种保障了。尤其北京大学的学生，是从京师大学堂“老爷”式学生嬗继下来（初办时所收学生，都是京官，所以学生都被称为老爷，而监督及教员都被称为中堂或大人），他们的目的，不但在毕业，而尤注重在毕业以后的出路。所以专门研究学术的教员，他们不见得欢迎。要是点名时认真一点，考试时严格一点，他们就借个话头反对他，虽罢课也所不惜。若是一位在政府有地位的人来兼课，虽时时请假，他们还是欢迎得很，因为毕业后可以有阔老师做靠山。这种科举时代遗留下来的劣根性，是于求学上很有妨碍的。所以我到校后第一次演说，就说明：“大学学生，当以研究学术为天职，不当以大学为升官发财之阶梯。”然而要打破这些习惯，只有从聘请积学而热心的教员着手。

那时候因《新青年》上文学革命的鼓吹，而我们认识留美的胡适之君，他回国后，即请到北大任教授。胡君真是“旧学邃密”而且“新知深沉”的一个人，所以一方面与沈尹默、兼士[①]兄弟，钱玄同[②]，马幼渔[③]，刘半农[④]诸君以新方法整理国故，一方面整理英文系。因胡君之介绍而请到的好教员，颇不少。

我素信学术上的派别是相对的，不是绝对的；所以每一种学科的教员，即使主张不同，若都是“言之成理、持之有故”的，就让他们并存，令学生有自由选择的余地。最明白的，是胡适之君与钱玄同君等绝对的提倡白话文学，而刘申叔、黄季刚[⑤]诸君仍极端维护文言的文学；那时候就让他们并存。我信为应用起见，白话文必要盛行，我也常常作白话文，也替白话文鼓吹；然而我也声明：作美术文，用白话也好，用文言也好。例如我们写字，为应用起见，自然要写行楷，若如江艮庭君的用篆隶写药方，当然不可；若是为人写斗方或屏联，作装饰品，即写篆隶章草，有何不可？

那时候各科都有几个外国教员，都是托中国驻外使馆或外国驻华使馆介绍的，学问未必都好，而来校既久，看了中国教员的阑珊，也跟了阑珊起来。我们斟酌了一番，辞退几人，都按着合同上的条件办的。有一法国教员要控告我；有一英国教习竟要求英国驻华公使朱尔典来同我谈判，我不答应。朱尔典出去后，说“蔡元培是不要再做校长的了”，我

---

① 沈兼士（1887—1947）：沈尹默之弟。中国语言文字学家、文献档案学家、教育学家。

② 钱玄同（1887—1939）：曾在北京大学、北京师范大学等多所大学担任教授，中国现代思想家、文字学家、新文化运动的倡导者。

③ 马幼渔，即马裕藻（1878—1945），字幼渔，祖籍浙江鄞县（今宁波鄞州），近代文化名人，北京大学著名教授。

④ 刘半农（1891—1934）：中国新文化运动先驱，文学家、语言学家和教育家。

⑤ 黄季刚，即黄侃（1886—1935），中国近代著名语言文字学家、音韵训诂学家、国学大师。

也一笑置之。

我从前在教育部时，为了各省高等学堂程度不齐，故改为各大学直接的预科；不意北大的预科，因历年校长的放任与预科学长的误会，竟演成独立的状态。那时候预科中受了教会学校的影响，完全偏重英语及体育两方面；其他科学比较的落后；毕业后若直升本科，发生困难。预科中竟自设了一个预科大学的名义，信笺上亦写此等字样。于是不能不加以改革，使预科直接受本科学长的管理，不再设预科学长。预科中主要的教课，均由本科教员兼任。

我没有本校与他校的界限，常为之通盘打算，求其合理化。是时北大设文、理、工、法、商五科，而北洋大学亦有工、法两科；北京又有一工业专门学校，都是国立的。我以为无此重复的必要，主张以北大的工科并入北洋，而北洋之法科，克期停办。得北洋大学校长同意及教育部核准，把土木工与矿冶工并到北洋去了。把工科省下来的经费，用在理科上。我本来想把法科与法专并成一科，专授法律，但是没有成功。我觉得那时候的商科，毫无设备，仅有一种普通商业学教课，于是并入法科，使已有的学生毕业后停止。

我那时候有一个理想，以为文、理两科，是农、工、医、药、法、商等应用科学的基础，而这些应用科学的研究时期，仍然要归到文、理两科来。所以文、理两科，必须设各种的研究所；而此两科的教员与毕业生必有若干人是终身在研究所工作，兼任教员，而不愿往别种机关去的。所以完全的大学，当然各科并设，有互相关联的便利。若无此能力，则不妨有一大学专办文、理两科，名为本科；而其他应用各科，可办专科的高等学校，如德、法等国的成例，以表示学与术的区别。因为北大的校舍与经费，决没有兼办各种应用科学的可能，所以想把法律分出去，而编为本科大学；然没有达到目的。

那时候我又有一个理想，以为文、理是不能分科的。例如文科的哲学，必植基于自然科学；而理科学者最后的假定，亦往往牵涉哲学。从前心理学附入哲学，而现在用实验法，应列入理科；教育学与美学，也渐用实验法，有同一趋势。地理学的人文方面，应属文科，而地质、地文等方面属理科。历史学自有史以来，属文科，而推原于地质学的冰期与宇宙生成论，则属于理科。所以把北大的三科界限撤去而列为十四系，废学长，设系主任。

我素来不赞成董仲舒罢黜百家、独尊孔氏的主张。清代教育宗旨有“尊孔”一款，已于民元在教育部宣布教育方针时说他不合用了。到北大后，凡是主张文学革命的人，没有不同时主张思想自由的；因而为外间守旧者所反对。适有赵体孟君以编印明遗老刘应秋先生遗集，贻我一函，屡约梁任公、章太炎、林琴南诸君品题。我为分别发函后，林君复函，列举彼对于北大怀疑诸点；我复一函，与他辩。这两函颇可窥见那时候两种不同的见解，所以抄在下面。(略)

这两函虽仅为文化一方面之攻击与辩护，然北大已成为众矢之的，是无可疑了。越四十余日，而有五四运动。我对于学生运动，素有一种成见，以为学生在学校里面，应以求学为最大目的，不应有何等政治的组织。其有年在二十岁以上，对于政治有特殊兴趣者，可以个人资格参加政治团体，不必牵涉学校。所以民国七年夏间，北京各校学生，曾为外交问题，结队游行，向总统府请愿；当北大学生出发时，我曾力阻他们，他们一定要参与；我因此引咎辞职。经慰留而罢。到八年五月四日，学生又有不签字于巴黎和约与罢免亲日派曹、陆、章的主张，仍以结队游行为表示，我也就不去阻止他们了。他们因愤激的缘故，遂有焚曹汝霖住宅及攒殴章宗祥的事，学生被警厅逮捕者数十人，各校皆有，而北大学生居多数；我与各专门学校的校长向警厅力保，始释放。但被拘的虽已保释，而学生尚抱再接再厉的决心，政府亦且持不做不休的态度。都中宣传政府将明令免我职而以马其昶[①]君任北大校长，我恐若因此增加学生对于政府的纠纷，我个人且将有运动学生保持地位的嫌疑，不可以不速去。乃一面呈政府引咎辞职，一面秘密出京，时为五月九日。

那时候学生仍每日分队出去演讲，政府逐队逮捕，因人数太多，就把学生都监禁在北大第三院。北京学生受了这样大的压迫，于是引起全国学生的罢课，而且引起各大都会工商界的同情与公愤，将以罢工、罢市为同样之要求。政府知势不可侮，乃释放被逮诸生，决定不签和约，罢免曹、陆、章，于是五四运动之目的完全达到了。

五四运动之目的既达，北京各校的秩序均恢复，独北大因校长辞职问题，又起了多少纠纷。政府曾一度任命胡次珊君继任，而为学生所反对，不能到校；各方面都要我复职。我离校时本预定决不回去；不但为校务的困难，实因校务以外，常常有许多不相干的缠绕，度一种劳而无功的生活，所以启事上有“杀君马者道旁儿；民亦劳止，汔可小休；我欲小休矣”等语。但是隔了几个月，校中的纠纷，仍在非我回校不能解

① 马其昶（1855—1930）：字通伯，晚号抱润翁，安徽桐城人，清末民初著名作家、学者。

决的状态中，我不得已，乃允回校。回校以前，先发表一文，告北京大学学生及全国学生联合会，告以学生救国，重在专研学术，不可常为救国运动而牺牲。到校后，在全体学生欢迎会演说，说明德国大学学长、校长均每年一换，由教授会公举；校长且由神学、医学、法学、哲学四科之教授轮值；从未生过纠纷，完全是教授治校的成绩。北大此后亦当组成健全的教授会，使学校决不因校长一人的去留而起恐慌。

那时候蒋梦麟君已允来北大共事，请他通盘计划，设立教务、总务两处；及聘任、财务等委员会，均以教授为委员。请蒋君任总务长，而顾孟余君任教务长。

北大关于文学、哲学等学系，本来有若干基本教员；自从胡适之君到校后，声应气求，又引进了多数的同志，所以兴会较高一点。预定的自然科学、社会科学、文学、国学四种研究所，只有国学研究所先办起来了。在自然科学与社会科学方面，比较的困难一点。自民国九年起，自然科学诸系，请到了丁巽甫、颜任光、李润章诸君主持物理系；李仲揆君主持地质系；在化学系本有王抚五、陈聘丞、丁庶为诸君，而这时候又增聘程寰西、石蘅青诸君。在生物学系本已有钟宪鬯[①]君在东南、西南各省搜罗动植物标本，有李石曾君讲授学理，而这时候又增聘谭仲逵君。于是整理各系的实验室与图书室，使学生在教员指导之下，切实用功；改造第二院礼堂与庭园，使合于讲演之用。在社会科学方面，请到王雪艇、周鲠生、皮皓白诸君；一面诚意指导提起学生好学的精神，一

① 钟观光 (1868—1940)：字宪鬯（音 chǎng），中国植物学家，是中国第一个用科学方法广泛研究植物分类学的学者，是近代中国最早采集植物标本的学者，也是近代植物学的开拓者。

面广购图书杂志，给学生以自由考索的工具。丁巽甫君以物理学教授兼预科主任，提高预科程度。于是北大始达到各系平均发展的境界。

我是素来主张男女平等的。九年，有女学生要求进校，以考期已过，姑录为旁听生。及暑假招考，就正式招收女生。有人问我："兼收女生是新法，为什么不先请教育部核准？"我说："教育部的大学令，并没有专收男生的规定；从前女生不来要求，所以没有女生；现在女生来要求，而程度又够得上，大学就没有拒绝的理。"这是男女同校的开始，后来各大学都兼收女生了。

我是佩服章实斋先生的。那时候国史馆附设在北大，我定了一个计划，分征集、纂辑两股；纂辑股又分通史、民国史两类；均从长编入手。并编历史辞典。聘屠敬山、张蔚西、薛阆仙、童亦韩、徐贻孙诸君分任征集、编纂等务。后来政府忽又有国史馆独立一案，别行组织。于是张君所编的民国史，薛、童、徐诸君所编的辞典，均因篇帙无多，视同废纸；只有屠君在馆中仍编他的蒙兀儿史，躬自保存，没有散失。

我本来很注意于美育的。北大有美学及美术史教课，除中国美术史由叶浩吾君讲授外，没有人肯讲美学。十年，我讲了十余次，因足疾进医院停止。至于美育的设备，曾设书法研究会，请沈尹默、马叔平诸君主持。设画法研究会，请贺履之、汤定之诸君教授国画；比国楷次君教授油画。设音乐研究会，请萧友梅君主持。均听学生自由选习。

我在爱国学社时，曾断发而习兵操，对于北大学生之愿受军事训练的，常特别助成；曾集这些学生，编成学生军，聘白雄远君任教练之责，亦请蒋百里、黄膺白诸君到场演讲。白君勤恳而有恒，历十年如一日，实为难得的军人。

我在九年的冬季，曾往欧美考察高等教育状况，历一年回来。这期间的校长任务，是由总务长蒋君代理的。回国以后，看北京政府的情形，日坏一日；我处在与政府常有接触的地位，日想脱离。十一年冬，财政总长罗钧任君忽以金佛郎①问题被逮，释放后，又因教育总长彭允彝君提议，重复收禁。我对于彭君此举，在公议上，认为是蹂躏人权献媚军阀的勾当；在私情上，罗君是我在北大的同事，而且于考察教育时为最密切的同伴，他的操守，为我所深信。我不免大抱不平，与汤尔和、邵飘萍、蒋梦麟诸君会商，均认有表示的必要。我于是一面递辞呈，一面离京。隔了几个月，贿选总统的布置，渐渐的实现；而要求我回校的代表，还是不绝。我遂于十二年七月间重往欧洲，表示决心；至十五年，始回国。那时候，京津间适有战争，不能回校一看。十六年，国民政府成立，我在大学院，试行大学区制，以北大划入北平大学区范围，于是我的北京大学校长的名义，始得取消。

综计我居北京大学校长的名义，十年有半；而实际在校办事，不过五年有半。一经回忆，不胜惭悚。

1934 年 1 月

---

① 金佛郎：指的是法国政府要求中国政府以“金佛郎”支付庚子赔款的事件。

初到清华记

//

朱自清

从前在北平读书的时候，老在城圈儿里待着。四年中虽也游过三五回西山，却从没来过清华；说起清华，只觉得很远很远而已。那时也不认识清华人，有一回北大和清华学生在青年会举行英语辩论，我也去听。清华的英语确是流利得多，他们胜了。那回的题目和内容，已忘记干净；只记得复辩时，清华那位领袖很神气，引着孔子的什么话。北大答辩时，开头就用了 furiously 一个字叙述这位领袖的态度。这个字也许太过，但也道着一点儿。那天清华学生是坐大汽车进城的，车便停在青年会前头；那时大汽车还很少。那是冬末春初，天很冷。一位清华学生在屋里只穿单大褂，将出门却套上厚厚的皮大氅。这种“行”和“衣”的路数，在当时却透着一股标劲儿。

初来清华，在十四年夏天。刚从南方来北平，住在朝阳门边一个朋友家。那时教务长是张仲述先生，我们没见面。我写信给他，约定第三天上午去看他。写信时也和那位朋友商量过，十点赶得到清华么，从朝阳门那儿？他那时已经来过一次，但似乎只记得“长林碧草”，——他写到南方给我的信这么说——说不出路上究竟要多少时候。他劝我八点动身，雇洋车直到西直门换车，免得老等电车，又换来换去的，耽误事。那时西直门到清华只有洋车直达；后来知道也可以搭香山汽车到海甸再乘洋车，但那是后来的事了。

第三天到了，不知是起得晚了些还是别的，跨出朋友家，已经九点挂零。心里不免有点儿急，车夫走的也特别慢似的。到西直门换了车。据车夫说本有条小路，雨后积水，不通了；那只得由正道了。刚出城一段儿还认识，因为也是去万生园的路；以后就茫然。到黄庄的时候，瞧着些屋子，以为一定是海甸了；心里想清华也就快到了吧，自己安慰着。快到真的海甸时，问车夫，“到了吧？”“没哪。这是海——甸。”这一下更茫然了。海甸这么难到，清华要何年何月呢？而车夫说饿了，非得买点儿吃的。吃吧，反正豁出去了。这一吃又是十来分钟。说还有三里多路呢。那时没有燕京大学，路上没什么看的，只有远处淡淡的西山——那天没有太阳——略略可解闷儿。好容易过了红桥，喇嘛庙，渐渐看见两行高柳，像穹门一般。什刹海的垂杨虽好，但没有这么多这么深，那时路上只有我一辆车，大有长驱直入的神气。柳树前一面牌子，写着“入校车马缓行”；这才真到了，心里想，可是大门还够远的，不用说西院门又骗了我一次，又是六七分钟，才真真到了。坐在张先生客厅里一看钟，十二点还欠十五分。

张先生住在乙所，得走过那“长林碧草”，那浓绿真可醉人。张先生客厅里挂着一副有正书局印的邓完白隶书长联。我有一个会写字的同学，他喜欢邓完白，他也有这一副对联；所以我这时如见故人一般。张先生出来了。他比我高得多，脸也比我长得多，一眼看出是个顶能干的人。我向他道歉来得太晚，他也向我道歉，说刚好有个约会，不能留我吃饭。谈了不大工夫，十二点过了，我告辞。到门口，原车还在，坐着回北平吃饭去。过了一两天，我就搬行李来了。这回却坐了火车，是从环城铁路朝阳门站上车的。

以后城内城外来往的多了，得着一个诀窍：就是在西直门一上洋车，且别想“到”清华，不想着不想着也就到了。——香山汽车也搭过一两次，可真够瞧的，两条腿有时候简直无放处，恨不得不是自己的。有一回，在海甸下了汽车，在现在“西园”后面那个小饭馆里，拣了临街一张四方桌，坐在长凳上，要一碟苜蓿肉，两张家常饼，二两白玫瑰，吃着喝着，也怪有意思；而且还在那桌上写了《我的南方》一首歪诗。那时海甸到清华一路常有穷女人或孩子跟着车要钱。他们除“您修好”等等常用语句外，有时会说“您将来做校长”，这是别处听不见的。

1936年4月18日

生命

//

巴金

我接到一个不认识的朋友的来信，他说愿意跟我去死[1]。这样的信我已经接过好几封了，都是一些不认识的年轻人寄来的。现在我住在一个朋友的家里，是一个很安静的地方。我的窗前种了不少的龙头花和五色杜鹃。在自己搭架的竹篱上缠绕着牵牛花和美国豆的长藤。在七月的大清早，空气清新，花开得正繁，露出一片欣欣向荣的景象。对面屋脊上站着许多麻雀，它们正吵闹地欢迎新生的太阳。到处都充满着生命。我的心也因为这生命的繁荣而快活地颤动了。

然而这封信使我想起了另一些事情。我的心渐渐地忧郁起来。眼前生命的繁荣仿佛成了一个幻景，不再像是真实的东西了。我似乎看见了另一些景象。

我应该比谁都更了解自己罢。那么为什么我会叫人生出跟我去死的

① 此文写于1934年，正值国民党黑暗统治时期，民众的生活极度困苦，生存状况堪忧。本文旨在使人们认清国民党统治的黑暗、腐朽，从而奋起推翻它，争取更加幸福的未来。

念头呢？难道我就不曾给谁展示过生命的美丽么？为什么在这个充满了生命的夏天的早晨我会读到这样的信呢？

我的心里怀着一个愿望，这是没有人知道的：我愿每个人都有住房，每张口都有饱饭，每个心都得到温暖。我想揩干每个人的眼泪，不再让任何人拉掉别人的一根头发。

然而这一切到了我的笔下都变成另一种意义了。我的美丽的愿望都给现实生活摧毁干净了。同时另一种思想慢慢地在我的脑子里生长起来，甚至违背了我的意志。

我能够做什么呢？

“我就是真理，我就是大道，我就是生命。”能够说这样话的人是有福的了。

“我要给你们以晨星！”能够说这样话的人也是有福的了。

但是我，我什么时候才能够说一句这样的话呢？

1934 年 7 月

随遇而安

//

邹韬奋

一个人要有进取的意志，有进取的勇气，有进取的准备；但同时却要有随遇而安的功夫。

姑就事业的地位说，假使甲是最低的地位，乙是比甲较高的地位，依次推升而达丙丁戊等等。由甲而乙，由乙而丙，由丙而丁……中间必非一蹴而就，必经过一段历程。换句话说，由甲到乙，由乙到丙……的中间，必须用过多少工夫，费了多少时间，充了多少学识，得了多少经验，有了多少修养。

倘若未达到乙而尚在甲的时候，心里对于目前所处的境遇，就觉得没有乐趣，希望到了乙的地位才能安泰；到了乙，要想到丙，于是对于那个时候所处的境遇，又觉得没有乐趣，希望到丙的地位才能安泰……这样筋疲力尽的一辈子没有乐趣下去，天天如坐针毡，身心都觉没有地方安顿，岂不苦极！

所以我们一面要进取，一面对于目前所处的地位，要能寻出乐趣来，譬如在职务上有一件事做得尽美尽善，便是乐趣；有一事对付得当，又是乐趣。在甲的时候，有这种乐趣；在乙的时候，也有这种乐趣；岂不是一辈子做有乐趣的人？这便是随遇而安的功夫，这样的随遇而安是积极的，不是消极的。彻底明白了此中真谛，真是受用无穷！

1927 年 11 月

我在西湖出家的经过

//

李叔同

杭州这个地方，实堪称为佛地，因为那边寺庙之多，约有两千余所，可想见杭州佛法之盛了！

最近《越风》社要出关于《西湖》增刊的，由黄居士来函，要我做一篇《西湖与佛教之因缘》。我觉得这个题目的范围太广泛了，而且又无参考书在手，短期间内是不能作成的；所以现在就将我从前在西湖居住时，把那些值得追味的几件零碎的事情来说一说，也算是纪念我出家的经过。

我第一次到杭州，是光绪二十八年（1902）七月。（本篇所记年月，皆依旧历。）在杭州住了约莫一个月光景，但是并没有到寺院里去过。只记得有一次到涌金门外去吃过一回茶而已，同时也就把西湖的风景，稍微看了一下子。

第二次到杭州时，那是民国元年的七月里。这回到杭州倒住得很久，一直住了近十年，可以说是很久的了。

我的住处在钱塘门内，离西湖很近，只两里路光景。在钱塘门外，靠西湖边有一所小茶馆，名“景春园”。我常常一个人出门，独自到景春园的楼上去吃茶。

当民国初年的时候，西湖那边的情形，完全与现在两样。那时候还有城墙及很多柳树，都是很好看的。除了春秋两季的香会之外，西湖边的人总是很少，而钱塘门外，更是冷静了。

在景春园的楼下，有许多的茶客，都是那些摇船抬轿的劳动者居多。而在楼上吃茶的就只有我一个人了。所以我常常一个人在上面吃茶，同时还凭栏看看西湖的风景。

在茶馆的附近，就是那有名的大寺院——昭庆寺了。我吃茶之后，也常常顺便地到那里去看一看。

当民国二年夏天的时候，我曾在西湖的广化寺里面住了好几天。但是住的地方，却不是出家人的范围之内，那是在该寺的旁边，有一所叫作“痘神祠”的楼上。

痘神祠是广化寺专门为着要给那些在家的客人住的。当时我住在里面的时候，有时也曾到出家人所住的地方去看看，心里却感觉得很有意思呢！

记得那时我亦常常坐船到湖心亭去吃茶。

曾有一次，学校里有一位名人来演讲。那时，我和夏丏尊居士两人，却出门躲避而到湖心亭上去吃茶了。当时夏丏尊对我说：“像我们这种人，出家做和尚倒是很好的。”那时候我听到这句话，就觉得很有意思，这可以说是我后来出家的一个远因了。

到了民国五年的夏天，我因为看到日本杂志中，有说及关于断食方法的，谓断食可以治疗各种疾病。当时我就起了一种好奇心，想来断食一下。因为我那个时候患有神经衰弱症，若实行断食后，或者可以痊愈亦未可知。要行断食时，须于寒冷的季候方宜，所以我便预定十一月来作断食的时间。

至于断食的地点呢，总须先想一想，考虑一下，似觉总要有个很幽静的地方才好。当时我就和西冷印社的叶品三君来商量，结果他说在西湖附近的地方，有一所虎跑寺，可作为断食的地点。那么，我就问他，既要到虎跑寺去，总要有人来介绍才对，究竟要请谁呢？他说有一位丁辅之，是虎跑寺的大护法，可以请他去说一说。于是他便写信请丁辅之代为介绍了。

因为从前那个时候的虎跑，不是像现在这样热闹的，而是游客很少，且是个十分冷静的地方啊。若用来作为我断食的地点，可以说是最相宜的了。

到了十一月的时候，我还不曾亲自到过，于是我便托人到虎跑寺那边去走一趟，看看在哪一间房里住好。看的人回来说，在方丈楼下的地方，倒很幽静，因为那边的房子很多，且平常的时候都是关起来，游客是不能走进去的。而在方丈楼上，则只有一位出家人住着而已，此外并没有什么人居住。

等到十一月底，我到了虎跑寺，就住在方丈楼下的那间屋子里了。我住进去以后，常常看见一位出家人在我的窗前经过，即是住在楼上的那一位，我看到他却十分欢喜呢！因此就时常和他来谈话，同时他也拿佛经来给我看。

我以前虽然从五岁时，即时常和出家人见面，时常看见出家人到我的家里念经及拜忏。而于十二三岁时，也曾学了放焰口。可是并没有和有道的出家人住在一起，同时也不知道寺院中的内容是怎样，以及出家人的生活又是如何。

这回到虎跑寺去住，看到他们那种生活，却很欢喜而且羡慕起来了。

我虽然在那边只住了半个多月，但心里头却十分愉快，而且对于他们所吃的菜蔬，更是欢喜吃。及回到了学校以后，我就请用人依照他们那种样的菜煮来吃。

这一次，我之到虎跑寺去断食，可以说是我出家的近因了。

及至民国六年的下半年，我就发心吃素了。

在冬天的时候，我即请了许多的经，如《普贤行愿品》《楞严经》《大乘起信论》等很多的佛经，而于自己的房里，也供起佛像来，如地藏菩萨、观世音菩萨等等的像，于是亦天天烧香了。

到了这一年放年假的时候，我并没有回家去，而是到虎跑寺里面去过年了。我仍旧住在方丈楼下。那个时候，则更感觉得有兴味了，于是就发心出家。同时就想拜那位住在方丈楼上的出家人做师父。

他的名字是弘祥师，可是他不肯我去拜他，而介绍我拜他的师父。

他的师父是在松木场护国寺里面居住的。于是他就请他的师父回到虎跑寺来，而我也就于民国七年正月十五日受三皈依了。

我打算于此年的暑假来入山，而预先在寺里面住了一年后，然后再实行出家的。

当这个时候，我就做了一件海青，及学习两堂功课。

在二月初五日那天，是我的母亲的忌日，于是我就先于两天以前到虎跑寺去，在那边诵了三天的《地藏经》，为我的母亲回向。到了五月底的时候，我就提前先考试，而于考试之后，即到虎跑寺入山了。

到了寺中一日以后，即穿出家人的衣裳，而预备转年再剃度的。

及至七月初的时候，夏丏尊居士来。他看到我穿出家人的衣裳但还未出家，他就对我说："既住在寺里面，并且穿了出家人的衣裳，而不即出家，那是没有什么意思的，所以还是赶紧剃度好！"

我本来是想转年再出家的，但是承他的劝，于是就赶紧出家了。便于七月十三日那一天，相传是大势至菩萨的圣诞，所以就在那天落发。

落发以后，仍须受戒的。于是由林同庄君的介绍，而到灵隐寺去受戒了。

灵隐寺是杭州规模最大的寺院，我一向对着它是很欢喜的。我出家以后，曾到各处的大寺院去看过，但是总没有像灵隐寺那么的好！

八月底，我就到灵隐寺去。寺中的方丈和尚却很客气，叫我住在客堂后面芸香阁的楼上。

当时是由慧明法师做大师父的。有一天，我在客堂里遇到这位法师了。他看到我时，就说："既是来受戒的，为什么不进戒堂呢？虽然你在家的时候是读书人，但是读书人就能这样地随便吗？就是在家时是一个皇帝，我也是一样看待的！"那时方丈和尚仍是要我住在客堂楼上，而于戒堂里面有了紧要的佛事时，方命我去参加一两回的。

那时候我虽然不能和慧明法师时常见面，但是看到他忠厚笃实的容色，也是令我佩服不已的。

受戒以后，我仍回到虎跑寺居住。到了十二月底，即搬到玉泉寺去住。此后即常常到别处去，没有久住在西湖了。

消极中的积极

//

邹韬奋

据在下近来体验所得，深觉我们倘能体会“消极中的积极”之意味，一方面能给我们以大无畏的精神和勇往迈进的勇气，一方面能使我们永远不致自满，永远不致发生骄矜的观念。

孔老夫子是我国历史上的一位伟人，他视富贵如浮云，是何等的消极！据他的一位很刚强的弟子子路说，他明明是“道之不行，已知之矣”，又是何等的消极！但是他却不赞成当时长沮和桀溺（均与孔子同时的隐者）一流人的行为。他自三十五岁起由鲁国往齐国，周游列国，仍冀于无可为之中而或可获得多少的结果，一直奔到六十八岁才回到鲁国。孟子说他“三月无君则惶惶然”，则又何等的积极！

无论何人不能不承认孙中山先生是我国近代史上的一位伟人，据他自述：“……虽身当百难之冲，为举世所非笑唾骂，一败再败，而犹冒险猛进者，仍未敢望革命排满事业能及吾身而成者也……”以孙先生的眼光与魄力，在当时还是“未敢望革命排满事业能及吾身而成”，其消极为何如？但是“未敢望”尽管“未敢望”，却能于“一败再败”之余“而犹冒险猛进”，其积极又何如？

以“道之不行，已知之矣”为背景，以“未敢望及吾身而成”为背景，可以说是以消极为背景；以消极为背景的积极进取，不知有所谓失望，不知有所谓失败，因为失望和失败都早在预期之中，本为常例，不是为例外。世之不敢进取者无非怕失望，无非怕失败，以消极为背景的积极进取既不怕什么失望，也不怕什么失败，则明知向前进取尚有上面所谓“例外”者可得，坐而不动则永在上面所谓“常例”者之中，两相比较，还是以进取为得计；况且进取即不幸，至多如未进取时之一无所获，则本为消极的意料中所固有，静以顺受，无所怨怼。

所以我说“消极中的积极”能给我们以大无畏的精神和勇往迈进的勇气；只有不怕失望不怕失败的人才有大无畏和勇往迈进的精神。

我个人对于人生就以消极为背景，我深信有了以消极为背景的人生观，然后对于事业才能彻底的积极干去。我记得陈畏垒先生在他所做的《人生如游历的旅客》一文里有这样的几句：“我们此地不能讨论到世界的原始和宇宙的终极，但是我们每一个小我的人生，所谓‘上寿百年’，年寿上是有限制的，古人说‘视死如归’，虽没有说归于何处，而大地上物质不灭的原则是推不翻的，我们不必问灵魂的有无，我们可以说我们最后的归宿便是形体气质——仍归于所自生的世界。宗教家言所谓来处来，去处去，我们要改为来处来，还从来处去。承认了这一个前提，那么我们自少而壮而老这一段生存的时间，岂不是和‘旅行’没有两样？”我完全和他表同情，我所以对于人生以消极为背景，也是因为感觉“每一个小我的人生”在“年寿上是有限制的”，“我们最后归宿”都不免“形体气质——仍归于所自生的世界”。有了这样的感觉，我们便应该明澈的了解：我们所能做的事只有竭尽我们的能力，利用我们的机会和“生存的时间”，能力社会或人群做到哪里算哪里，决用不着存什么“把持”或“包办”的念头。再说得明白些，有一天给我做，我就欣欣然聚精会神的干去；明天不给我做，也不心灰，也不意冷。为什么呢？因为我想得穿了，我横竖要“仍归于所自生的世界”，我只能有一日做一日，有得做便做，没得做便找些别的做；我做了三十年四十年，或做了数天数年，在人类千万年的历史上有什么差异？如能给我多做几年或几十年，只要我做得好，在此有得做的时期内，已有人受到我的多少好处；做到没得做的时候，要滚便滚。有了这样的态度，便能常做坦荡荡的君子，不至常做长戚戚的小人；不但失望失败丝毫不足以攖吾心，就是立刻死了（奋斗到死，不是自寻短见的死），也不算什么一回事。

反过来想，就是有些成就，以我们在“年寿上是有限制的”“一个小我的人生”，其所作为在人类千万年历史上的事功里，所占地位之微细或犹不及沧海之一粟，只有尽我有涯之生向着无穷尽的路上前进，做多少算多少，有何足以自傲之处？所以我说“消极中的积极”能使我们永远不至自满，永远不致发生骄矜的观念，因为只有能把眼光放得远的人才能“矫首望八荒，乾坤一何大，安荣无遽欣，患难无遽憗”。（曾文正《不求》诗中语。）

1929 年 9 月

闻笑有感

//

茅盾

笑是喜悦的表示，动物之中，大概只有人类有这本领罢。猴子也能作笑的姿态，但亦不过是姿态而已，看了不会引起快感，或且以为丑。至于微笑，冷笑，苦笑等等复杂的不尽是表示喜悦而别有滋味的各式之笑，那更是人类所独特擅长。

简直可以说，愈是思想情绪复杂且多矛盾而变态的人，笑之内容也愈为复杂而多变态；原始意味的笑——即天真的笑，差不多很难在这样人们的脸上找到了，通常我们见到的，倘不是虚伪的笑便是恶意的笑，这又是人类比猴子高明的地方，猴子大概作不出虚伪的笑，并且大概也没有恶意的笑。

但是也还有若干种类的笑，其动机似可索解却又未必竟能索解。譬如青年的疯女人，一丝不挂出现于大街，此时围观者如堵，笑声即错杂起落，如果再有一个无赖之徒对疯妇作猥亵之动作，旁观者就一定会哄然大笑。这样的笑，当然并不虚伪，确是“真情之流露”，远远听去，你会猜想这所笑者一定是一件可喜的事；那么，这是恶意的笑了，可又不尽然，当然说不上含有善意，但围而观者之群其中百分之九十九与此疯妇确无丝毫的仇恨，既无仇恨，则看见她在那样悲惨的境地而犹受无赖子的欺侮，纵使不生同情亦何必投之以恶意的笑呢？然则是缺乏同情心的缘故么？在此一场合，围观者同情心之薄弱，即就“围观”一举已可概见，自不待论；但是同情心之缺乏并不一定造成那样纵声狂笑的结果。假如有一位绅士在场，恐怕他是不笑的，虽然这位绅士跟围观之群比较起来，心地要肮脏得多，白天黑夜，他时时存着损人利己之心，而围观之群却确是善良（虽则赶不上那位绅士的聪明）的人们。

这样看来，恐怕只能把这种变态的笑解释为并无意义的动作，这恐怕是神经受了不寻常的一刺骤然紧张而起的一种反应，这中间并无恶意，当然也未必带有幸灾乐祸的成分。但“一半是神，一半是兽”的万物之灵，在这当儿，却突然褪落了“神”的光圈，而呈现了赤裸裸的“兽”的本色，大概也是不能讳言的事罢？

在街头遇到了这种的笑，并不比在雅致的客厅中遇到了虚伪的笑，更为舒服些，不过那不舒服的滋味应当是不相同罢？前者是悲哀而后者是憎恶。在前者，我们感到文化教育力之不足，在后者，我们看见了相反的作用——“人”非但未能净化，反倒被“教养”得更卑鄙龌龊了！我不得不承认：那种无意义的原始性的傻笑，虽使我听了战栗，可是比起客厅中高贵人们的虚伪的——可又十分有礼貌的笑，至少是“天真”些罢？

不过在大街上那样笑的机会究竟不多，常见者乃在室内。在文雅的背景前，有“教养”的嘴巴绘声绘影地在叙述一些惨厉的故事的时候，听到了那样野性的放纵的笑声，其使人毛骨悚然，当亦不下于在大街。这时的笑，当然决无虚伪，可也不见得如何“天真”，这里可以嗅出自私的气味，讲述者和听而笑者似乎都把这当作一种娱乐，一种享受，他们似乎习惯了要把血腥的人类灵魂被践踏的故事当作饱食以后的消化剂，把别人的痛苦当作自己开心的资料。这原来不是没有“教养”的人所知道的。

人们说近来有些话剧，颇重“噱头”，于是慨叹于“低级趣味”之盛行，但是，见“噱头”而笑，即使是“低级趣味”罢，亦不过趣味低级而已；事有甚于此者，即并非“噱头”而且简直是不应当笑的地方，也往往听到喷发的笑声，叫人突然觉得这就是疯女人出现在大街上所引起的同样的声音。有一次我看电影，就在我近旁发出了这样变态的笑声；后来我留心看那几位“可敬的人们”，确也是衣冠楚楚，一表堂堂，标明是有“教养”的——即不是粗人，换一句话，就是那些看腻了“噱头”转而要从血腥和眼泪中寻取笑料的人！

人的感情有能变态到这样的地步的，这是人的堕落呢或是“进化”，自不待论；不过再一想，在众人的骷髅堆上建筑起一人的尊严富贵的，今世实在太多了，那么，仅仅在话剧或电影上找寻这样发泄的家伙，实在也不足责了。

剩下来的一个问题是：到了还没看腻“噱头”的小市民群的钱袋也不大宽裕而不得不依靠那些连“噱头”都已看腻转而要从血腥与眼泪——别人的痛苦中找寻娱乐的人们作为基本观众时，我们的戏剧将怎样办呢？

也许就是杞忧，现在这大时代有的是能使人痛快地一哭因而也就能健康地一笑的题材。但是看到那依然如故的“尺度”，我不能不担心我这个忧虑迟早要成为问题了。

1944年10月

世上没有不好的东西

夏丏尊

新近因了某种因缘，和方外友弘一和尚（在家时姓李，字叔同）聚居了好几日。和尚未出家时，曾是国内艺术界的先辈，披剃以后专心念佛，见人也但劝念佛，不消说，艺术上的话是不谈起了的。可是我在这几日的观察中，却深深地受到了艺术的刺激。

他这次从温州来宁波，原预备到了南京再往安徽九华山去的。因为江浙开战，交通有阻，就在宁波暂止，挂褡[①]于七塔寺。我得知就去望他。云水堂中住着四五十个游方僧。铺有两层，是统舱式的。他住在下层，见了我笑容招呼，和我在廊下板凳上坐了，说：“到宁波三日了，前两日是住在某某旅馆（小旅馆）里的。”

“那家旅馆不十分清爽吧。”我说。

“很好！臭虫也不多，不过两三只。主人待我非常客气呢！”

他又和我说了些在轮船统舱中茶房怎样待他和善，在此地挂褡怎样

① 挂褡（guà dā）：指游方僧人投宿寺院的行为，因悬挂衣钵于僧堂的钩上而得名。

舒服等等的话。我惘然了，继而邀他明日同往白马湖去小住几日。他初说再看机会，及我坚请，他也就欣然答应。

行李很是简单，铺盖竟是用破席子包的。到了白马湖，在春社里替他打扫了房间，他就自己打开铺盖，先把那破席子珍重地铺在床上，摊开了被，把衣服卷了几件作枕。再拿出黑而且破得不堪的毛巾走到湖边洗面去。

“这手巾太破了，替你换一条好吗？”我忍不住了。

“哪里！还好用的，和新的也差不多。”

他把那破手巾珍重地张开来给我看，表示还不十分破旧。

他是过午不食的。第二日未到午，我送了饭和两碗素菜去（他坚说只要一碗的，我勉励再加了一碗），在旁坐了陪他。碗里所有的原只是些萝卜白菜之类，可是在他却几乎是要变色而作的盛馔[1]，喜悦地把饭划入口里，郑重地用筷子夹起一块萝卜来的那种了不得的神情，我见了几乎要流下欢喜惭愧之泪了！

第二日，有另一位朋友送了四样菜来斋他，我也同席。其中有一碗咸得非常，我说：“这太咸了！”

“好的！咸的也有咸的滋味，也好的！”

我家和他寄寓的春社相隔有一段路。第三日，他说饭不必送去，可以自己来吃，且笑说乞食是出家人的本能。

“那么逢天雨仍替你送去吧。”

“不要紧！天雨，我有木屐哩！”他说出木屐二字时，神情上竟俨然

① 盛馔：丰盛的饭食。

是一种了不得的法宝。我总还有些不安。他又说："每日走些路，也是一种很好的运动。"

我也就无法反对了。

在他，世间竟没有不好的东西，一切都好，小旅馆好，统舱好，挂褡好，破席子好，破旧的手巾好，白菜好，萝卜好，咸苦的蔬菜好，跑路好，什么都有味，什么都了不得。

这是何等的风光啊！宗教上的话且不说，琐屑的日常生活到此境界，不是所谓生活的艺术化了吗？人家说他在受苦，我却要说他是享乐。我常见他吃萝卜白菜时那种喜悦的光景，我想：萝卜白菜的全滋味，真滋味，怕要算他才能如实尝到的了。对于一切事物，不为因袭的成见所缚，都还他一个本来的面目，如实观照领略，这才是真解脱，真享乐。

艺术的生活原是观照享乐的生活，在这一点上，艺术和宗教实有同一的归趋。凡为实例或成见所束缚，不能把日常生活咀嚼玩味的，都是与艺术无缘的人。真的艺术，不限在诗里，也不限在画里，到处都有，随时可得。能把它捕捉了用文字表现的是诗人，用形及五彩表现的是画家。不会作诗，不会作画，也不要紧，只要对于日常生活有观照玩味的能力，无论如何都能有权去享受艺术之神的恩宠。否则虽自号为诗人画家，仍是俗物。

与和尚数日相聚，深深地感到这点。自怜囫囵吞枣地过了大半生，平日吃饭着衣，何曾尝到过真的滋味！乘船坐车，看山行路，何曾领略到真的情景！虽然愿从今留意，但是去日苦多，又因自幼未曾经过好好的艺术教养，即使自己有这个心，何尝有十分把握！言之怃然！

正怃然间，子恺来要我序他的漫画集。记得子恺画这类画，实由于我的怂恿。在这三年中，子恺着实画了不少，集中所收的不过数十分之一。其中含有两种性质，一是写古诗词名句的，一是写日常生活的断片的。古诗词名句原是古人观照的结果，子恺不过再来用画表出一次。至于写日常生活断片的部分，全是子恺自己观照的表现。前者是翻译，后者是创作了。画的好歹且不说，子恺年少于我，对于生活有这样的咀嚼玩味的能力，和我相较，不能不羡子恺是幸福者！

子恺为和尚未出家时画弟子，我序子恺画集，恰因当前所感，并述及了和尚的近事，这是什么不可思议的缘啊！南无阿弥陀佛！

谈人生与我

//

朱光潜

朋友：

我写了许多信，还没有郑重其事地谈到人生问题，这是一则因为这个问题实在谈滥了，一则也因为我看这个问题并不如一般人看得那样重要。在这最后一封信里我所以提出这个滥题来讨论，并不是要说出什么一番大道理，不过把我自己平时几种对于人生的态度随便拿来做一次谈料。

我有两种看待人生的方法：在第一种方法里，我把我自己摆在前台，和世界一切人和物在一块玩把戏；在第二种方法里，我把我自己摆在后台，袖手看旁人在那儿装腔作势。

站在前台时，我把我自己看得和旁人一样，不但和旁人一样，并且和鸟兽虫鱼诸物也都一样。人类比其他物类痛苦，就因为人类把自己看得比其他物类重要。人类中有一部分人比其余的人苦痛，就因为这一部分人把自己比其余的人看得重要。比方穿衣吃饭是多么简单的事，然而在这个世界里居然成为一个极重要的问题，就因为有一部分人要亏人自肥。再比方生死，这又是多么简单的事，无量数人和无量数物都已生过来死过去了。一个小虫让车轮轧死了，或者一朵鲜花让狂风吹落了，在虫和花自己都决不值得计较或留恋，而在人类则生老病死以后偏要加上一个“苦”字。这无非是因为人们希望造物主待他们自己应该比草木虫鱼特别优厚。

因为如此着想，我把自己看作草木虫鱼的侪辈，草木虫鱼在和风甘露中是那样活着，在炎暑寒冬中也还是那样活着。像庄子所说，它们“诱然皆生，而不知其所以生；同焉皆得，而不知其所以得”。它们时而戾天跃渊、欣欣向荣，时而含葩敛翅、晏然蛰处，都顺着自然所赋予的那一副本性。它们决不计较生活应该是如何，决不追究生活是为着什么，也决不埋怨上天待它们特薄，把它们供人类宰割凌虐。在它们说，生活自身就是方法，生活自身也就是目的。

从草木虫鱼的生活，我觉得一个经验。我不在生活以外别求生活方法，不在生活以外别求生活目的。世间少我一个，多我一个，或者我时而幸运，时而受灾祸侵逼，我以为这都无伤天地之和。你如果问我，人们应该如何生活才好呢？我说，就顺着自然所给的本性生活着，像草木虫鱼一样。你如果问我，人们生活在这幻变无常的世相中究竟为着什么？我说，生活就是为着生活，别无其他目的。你如果向我埋怨天公说，人生是多么苦恼呵！我说，人们并非生在这个世界来享幸福的，所以那并不算奇怪。

这并不是一种颓废的人生观。你如果说我的话带有颓废的色彩，我请你在春天到百花齐放的园子里去，看看蝴蝶飞，听听鸟儿鸣，然后再回到十字街头，仔细瞧瞧人们的面孔，你看谁是活泼，谁是颓废？请你在冬天积雪凝寒的时候，看看雪压的松树，看看站在冰上的鸥和游在水中的鱼，然后再回头看看遇苦便叫的那“万物之灵”，你以为谁比较能耐苦持恒呢？

我拿人比禽兽，有人也许目为异端邪说。其实我如果要援引“经典”，称道孔孟以辩护我的见解，也并不是难事。孔子所谓“知命”，孟子所谓“尽性”，庄子所谓“齐物”，宋儒所谓“廓然大公，物来顺应”，和希腊廊下派哲学，我都可以引申成一篇经义文，做我的护身符。然而我觉得这大可不必。我虽不把自己比旁人看得重要，我也不把自己看得比旁人分外低能，如果我的理由是理由，就不用仗先圣先贤的声威。

以上是我站在前台对于人生的态度。但是我平时很欢喜站在后台看人生。许多人把人生看作只有善恶分别的，所以他们的态度不是留恋，就是厌恶。我站在后台时把人和物也一律看待，我看西施、嫫母、秦桧、岳飞也和我看八哥、鹦鹉、甘草、黄连一样，我看匠人盖屋也和我看鸟鹊营巢、蚂蚁打洞一样，我看战争也和我看斗鸡一样，我看恋爱也和我看雄蜻蜓追雌蜻蜓一样。因此，是非善恶对我都无意义，我只觉得对着这些纷纭扰攘的人和物，好比看图画，好比看小说，件件都很有趣味。

这些有趣味的人和物之中自然也有一个分别。有些有趣味，是因为它们带有很浓厚的喜剧成分；有些有趣味，是因为它们带有很深刻的悲剧成分。

我有时看到人生的喜剧。前天遇见一个小外交官，他的上下巴都光光如也，和人说话时却常常用大拇指和食指在腮旁捻一捻，像有胡须似的。他们说这是官气，我看到这种举动比看诙谐画还更有趣味。许多年前一位同事常常很气愤地向人说："如果我是一个女子，我至少已接得一尺厚的求婚书了！"偏偏他不是女子，这已经是喜剧；何况他又麻又丑，纵然他幸而为女子，也决不会有求婚书的麻烦，而他却以此沾沾自喜，这总算得喜剧之喜剧了。这件事和英国文学家哥尔德斯密斯的一段逸事一样有趣。他有一次陪几个女子在荷兰某一个桥上散步，看见桥上行人个个都注意他同行的女子，而没有一个睬他自己，便板起面孔很气愤地说："哼，在别地方也有人这样看我咧！"如此等类的事，我天天都见得着。在闲静寂寞的时候，我把这一类的小小事件从记忆中召回来，寻思玩味，觉得比抽烟饮茶还更有味。

老实说，假如这个世界中没有曹雪芹所描写的刘姥姥，没有吴敬梓所描写的严贡生，没有莫里哀所描写的达尔杜弗和阿尔巴贡，生命更不值得留恋了。我感谢刘姥姥、严贡生一流的人物，更甚于我感谢钱塘的潮和匡庐的瀑。

其次，人生的悲剧尤其能使我惊心动魄。许多人因为人生多悲剧而悲观厌世，我却以为人生有价值正因其有悲剧。我在几年前做的《无言之美》里曾说明这个道理，现在引一段来：

> 我们所居的世界是最完美的，就因为它是最不完美的。这话表面看去，不通已极，但是实含有至理。假如世界是完美的，人类所过的生活比好一点，是神仙的生活；比坏一点，就是猪的生活便呆板单调

已极，因为倘若件件事都尽美尽善了，自然没有希望发生，更没有努力奋斗的必要。人生最可乐的就是活动所生的感觉，就是奋斗成功而得的快慰。世界既完美，我们如何能尝创造成功的快慰？这个世界之所以美满，就在有缺陷，就在有希望的机会、有想象的田地。换句话说，世界有缺陷，可能性才大。

这个道理李石岑先生在《一般》三卷三号所发表的《缺陷论》里也说得很透辟。悲剧也就是人生一种缺陷。它好比洪涛巨浪，令人在平凡中见出庄严，在黑暗中见出光彩。假如荆轲真正刺中秦始皇，林黛玉真正嫁了贾宝玉，也不过闹个平凡收场，哪得叫千载以后的人唏嘘赞叹？以李太白那样的天才，偏要和江淹戏弄笔墨，做了一篇《反恨赋》，和《上韩荆州书》一样庸俗无味。毛声山评《琵琶记》，说他有意要做“补天石”传奇十种，把古今几件悲剧都改个快活收场，他没有实行，总算是一件幸事。人生本来要有悲剧才能算人生，你偏想把它一笔勾销，不说你勾销不去，就是勾销去了，人生反更索然寡趣。所以我无论站在前台或站在后台时，对于失败，对于罪孽，对于殃咎，都是一副冷眼看待，都是用一个热心惊赞。

第二章

凡事看淡，通透自醒

我过的端阳节

//

徐志摩

我方才从南口回来。天是真热，朝南的屋子里都到了九十度以上，两小时的火车竟如在火窖中受刑，坐起一样的难受。我们今天一早在野鸟开唱以前就起身，不到六时就骑骡出发，除了在永陵休息半小时以外，一直到下午一时余，只是在高度的日光下赶路。我一到家，只觉得四肢的筋肉里像用细麻绳扎紧似的难受，头里的血，像沸水似的急流，神经受了烈性的压迫，仿佛无数烧红的铁条蛇盘似的绞紧在一起……

一进阴凉的屋子，只觉得一阵眩晕从头顶直至踵底，不仅眼前望不清楚，连身子也有些支持不住。我就向着最近的藤椅上瘫了下去，两手按住急颤的前胸，紧闭着眼，纵容内心的混沌，一片黯黄，一片茶清，一片墨绿，影片似的在倦绝的眼膜上扯过……

直到洗过了澡，神志方才回复清醒，身子也觉得异常的爽快，我就想了……

人啊，你不自己惭愧吗？

野兽，自然的，强悍的，活泼的，美丽的，我只是羡慕你！

什么是文明人：只是腐败了的野兽！你若然拿住一个文明惯了的人类，剥了他的衣服装饰，夺了他作伪的工具——语言文字，把他赤裸裸的放在荒野里看看——多么“寒碜”的一个畜生呀！恐怕连长耳朵的小骡儿，都瞧他不起哪！

白天，狼虎放平在丛林里睡觉，他躲在树荫底下发痧；晚上，清风在树林中演奏轻微的妙乐，鸟雀儿在巢里做好梦，他倒在一块石上发烧咳嗽——着了凉了！

也不等狼虎去商量他有限的皮肉，也不必小雀儿去嘲笑他的懦弱；单是他平常歌颂的艳阳与凉风，甘霖与朝露，已够他的受用：在几小时之内可使他脑子里消灭了金钱、名誉、经济、主义等等的虚景，在一半天之内，可使他心窝里消灭了人生的情感悲乐种种的幻象，在三两天之内——如其那时还不曾受淘汰——可使他整个的超出了文明人的丑态，那时就叫他放下两只手来替脚平分走路的负担，他也不以为离奇，抵拼撕破皮肉爬上树去采果子吃，也不会感觉到体面的观念……

平常见了活泼可爱的野兽，就想起红烧野味之美。现在你失去了文明的保障，但求彼此平等待遇两不相犯，已是万分的侥幸……

文明只是个荒谬的状况；文明人只是个凄惨的现象，——我骑在骡上嚷累叫热，跟着哑巴的骡夫，比手势告诉我他整天的跑路，天还不算顶热，他一路很快活的不时采一朵野花，折一茎麦穗，笑他古怪的笑，唱他哑巴的歌；我们到了客寓喝冰汽水喘息，他路过一条小涧时，扑下去喝一个贴面饱，同行的有一位说：“真的，他们这样的胡喝，就不会害病，真贱！”

回头上了头等车，坐在皮椅上嚷累叫热，又是一瓶两瓶的冰水，还怪嫌车里不安电扇；同时前面火车头里的司机的加煤的，在一百四五十度的高温里笑他们的笑，谈他们的谈……

田里刈麦的农夫拱着棕黑色的裸背在做工，从清早起已经做了八九时的工，热烈的阳光在他们的皮上像在打出火星来似的，但他们却不曾嚷腰酸，叫头痛……

我们不敢否认人是万物之灵；我们却能断定人是万物之淫；什么是现代的文明；只是一个淫的现象。

淫的代价是活力之腐败与人道之丑化。

前面是什么？没有别的，只是一张黑沉沉的大口，在我们认定的道上张开等着，时候到了把我们整个的吞了下去完事！

1923 年 6 月 20 日

无题（因为没有故事）

//

老舍

人是为明天活着的，因为记忆中有朝阳晓露；假若过去的早晨都似地狱那么黑暗丑恶，盼明天干吗呢？是的，记忆中也有痛苦危险，可是希望会把过去的恐怖裹上一层糖衣，像看着一出悲剧似的，苦中有些甜美。无论怎说吧，过去的一切都不可移动；实在，所以可靠；明天的渺茫全仗昨天的实在撑持着，新梦是旧事的拆洗缝补。

对了，我记得她的眼。她死了好多年了，她的眼还活着，在我的心里。这对眼睛替我看守着爱情。当我忙得忘了许多事，甚至于忘了她，这两只眼会忽然在一朵云中，或一汪水里，或一瓣花上，或一线光中，轻轻地一闪，像归燕的翅儿，只须一闪，我便感到无限的春光。我立刻就回到那梦境中，哪一件小事都凄凉，甜美，如同独自在春月下踏着落花。

这双眼所引起的一点爱火，只是极纯的一个小火苗，像心中的一点晚霞，晚霞的结晶。它可以烧明了流水远山，照明了春花秋叶，给海浪一些金光，可是它恰好地也能在我心中，照明了我的泪珠。

它们只有两个神情：一个是凝视，极短极快，可是千真万确的是凝视。只微微地一看，就看到我的灵魂，把一切都无声地告诉了给我。凝视，一点也不错，我知道她只须极短极快的一看，看的动作过去了，极快地过去了，可是，她心里看着我呢，不定看多么久呢；我到底得管这叫作凝视，不论它是多么快，多么短。一切的诗文都用不着，这一眼道尽了“爱”所会说的与所会作的。另一个是眼珠横着一移动，由微笑移动到微笑里去，在处女的尊严中笑出一点点被爱逗出的轻佻，由热情中笑出一点点无法抑制的高兴。

我没和她说过一句话，没握过一次手，见面连点头都不点。可是我的一切，她知道；她的一切，我知道。我们用不着看彼此的服装，用不着打听彼此的身世，我们一眼看到一粒珍珠，藏在彼此的心里；这一点点便是我们的一切，那些七零八碎的东西都是配搭，都无须注意。看我一眼，她低着头轻快地走过去，把一点微笑留在她身后的空气中，像太阳落后还留下一些明霞。

我们彼此躲避着，同时彼此愿马上搂抱在一处。我们轻轻地哀叹；忽然遇见了，那么凝视一下，登时欢喜起来，身上像减了分量，每一步都走得轻快有力，像要跳起来的样子。

我们极愿意说一句话，可是我们很怕交谈，说什么呢？哪一个日常的俗字能道出我们的心事呢？让我们不开口，永不开口吧！我们的对视与微笑是永生的，是完全的，其余的一切都是破碎微弱，不值得一作的。

我们分离有许多年了，她还是那么秀美，那么多情，在我的心里。

她将永远不老，永远只向我一个人微笑。在我的梦中，我常常看见她，一个甜美的梦是最真实，是纯洁、最完美的。多少多少人生中的小困苦小折磨使我丧气，使我轻看生命。可是，那个微笑与眼神忽然地从哪儿飞来，我想起唯有“人面桃花相映红”差可托拟的一点心情与境界，我忘了困苦，我不再丧气，我恢复了青春；无疑地，我在她的洁白的梦中，必定还是个美少年呀。

春在燕的翅上，把春光颤得更明了一些，同样，我的青春在她的眼里，永远使我的血温暖，像土中的一颗籽粒，永远想发出一个小小的绿芽。一粒小豆那么小的一点爱情，眼珠一移，嘴唇一动，日月都没有了作用，到无论什么时候，我们总是一对刚开的春花。

不要再说什么，不要再说什么！我的烦恼也是香甜的呀，因为她那么看过我！

窗外的春光

//

庐隐

几天不曾见太阳的影子，沉闷包围了她的心。今早从梦中醒来，睁开眼，一线耀眼的阳光已映射在她红色的壁上，连忙披衣起来，走到窗前，把洒着花影的素幔拉开。前几天种的素心兰，已经开了几朵，淡绿色的瓣儿，衬了一颗朱红色的花心，风致真特别，即所谓“冰洁花丛艳小莲，红心一缕更嫣然”了。同时一股沁人心脾的幽香，喷鼻醒脑，平板的周遭，立刻涌起波动，春神的薄翼，似乎已扇动了全世界凝滞的灵魂。

说不出是喜悦，还是惆怅，但是一颗心灵涨得满满的——莫非是满园春色关不住——不，这连她自己都不能相信；然而仅仅是为了一些过去的眷恋，而使这颗心不能安定吧！本来人生如梦，在她过去的生活中，有多少梦影已经模糊了，就是从前曾使她惆怅过，甚至于流泪的那种情绪，现在也差不多消逝净尽，就是不曾消逝的而在她心头的意义上，也已经变了色调，那就是说从前以为严重了不得的事，现在看来，也许仅仅只是一些幼稚的可笑罢了！

兰花的清香，又是一阵浓厚的包袭过来，几只蜜蜂嗡嗡的在花旁兜的圈子，她深切的意识到，窗外已充满了春光；同时二十年前的一个梦影，从那深埋的心底复活了：

一个仅仅十零岁的孩子，为了脾气的古怪，不被家人们的了解，于是把她送到一所囚牢似的教会学校去寄宿。那学校的校长是美国人——一个五十岁的老处女，对于孩子们管得异常严厉，整月整年不许孩子走出那所筑建庄严的楼房外去。四围的环境又是异样的枯燥，院子是一片沙土地；在角落里时时可以发现被孩子们踏陷的深坑，坑里纵横着人体的骨骼，没有树也没有花，所以也永远听不见鸟儿的歌曲。

春风有时也许可怜孩子们的寂寞吧！在那洒过春雨的土地上，吹出一些青草来——有一种名叫“辣辣棍棍”的，那草根有些甜辣的味儿，孩子们常常伏在地上，寻找这种草根，放在口里细细的嚼咀；这可算是春给她们特别的恩惠了！

那个孤零的孩子，处在这种阴森冷漠的环境里，更是倔强，没有朋友，在她那小小的心灵中，虽然还不曾认识什么是世界；也不会给这个世界一个估价，不过她总觉得自己所处的这个世界，是有些乏味；她追求另一个世界。在一个春风吹得最起劲的时候，她的心也燃烧着更热烈的希冀。但是这所囚牢似的学校，那一对黑漆的大门仍然严严的关着，就连从门缝看看外面的世界，也只是一个梦想。于是在下课后，她独自跑到地窖里去，那是一个更森严可怕的地方，四围是石板做的墙，房顶也是冷冰冰的大石板，走进去便有一股冷气袭上来，可是在她的心里总觉得比那死气沉沉的校舍，多少有些神秘性吧。最能引诱她当然还是那几扇矮小的窗子，因为窗子外就是一座花园。这一天她忽然看见窗前一丛蝴蝶兰和金钟罩，已经盛开了，这算给了她一个大诱惑，自从发现了这窗外的春光后，这个孤零的孩子，在她生命上，也开了一朵光明的花，她每天一只猫儿般，只要有工夫，便蜷伏在那地窖的窗子上，默然的幻想着窗外神秘的世界。

她没有哲学家那种富有根据的想象，也没有科学家那种理智的头脑，她小小的心，只是被一种天所赋予的热情紧咬着。她觉得自己所坐着的这个地窖，就是所谓人间吧——一切都是冷硬淡漠，而那窗子外的世界却不一样了。那里一切都是美丽的，和谐的，自由的吧！她欣羡着那外面的神秘世界，于是那小小的灵魂，每每跟着春风，一同飞翔了。她觉得自己变成一只蝴蝶，在那盛开着美丽的花丛中翩翔着，有时她觉得自己是一只小鸟，直扑天空，伏在柔软的白云间甜睡着。她整日支着颐不动不响的尽量陶醉，直到夕阳逃到山背后，大地垂下黑幕时，她才快快的离开那灵魂的休憩地，回到陌生的校舍里去。

她每日每日照例的到地窖里来，——一直过完了整个的春天。忽然她看见蝴蝶兰残了，金钟罩也倒了头，只剩下一丛深碧的叶子，苍茂的在薰风里撼动着，那时她竟莫名其妙的流下眼泪来。这孩子真古怪得可以，十零岁的孩子前途正远大着呢，这春老花残，绿肥红瘦，怎能惹起她那么深切的悲感呢？！但是孩子从小就是这样古怪，因此她被家人所摒弃，同时也被社会所摒弃。在她的童年里，便只能在梦境里寻求安慰和快乐，一直到她否认现实世界的一切，她终成了一个疏狂孤介的人。在她三十年的岁月里，只有这些片段的梦境，维系着她的生命。

阳光渐渐的已移到那素心兰上，这目前的窗外春光，撩拨起她童年的眷恋，她深深的叹息了：“唉，多缺陷的现实的世界呵！在这春神努力的创造美丽的刹那间，你也想遮饰起你的丑恶吗？人类假使连这些梦影般的安慰也没有，我真不知道人们怎能延续他们的生命哟！”

但愿这窗外的春光，永驻人间吧！她这样虔诚的默祝着，素心兰像是解意般的向她点着头。

谈“博”而“精”

//

梁思成

每一个同学在毕业的时候都要成为一个秀才。但是我们应该怎样去理解“专”的意义呢？“专”不等于把自己局限在一个“牛角尖”里。党号召我们要“一专多能”，这“一专”就是“精”，“多能”就是“博”。既有所专而又多能，既精于一而又博学；这是我们每个人在求学上应有的修养。

求学问需要精，但是为了能精益求精，专得更好就需要博。“博”和“精”不是对立的，而是互相联系着的同一事物的两个方面。假使对于有联系的事物没有一定的知识，就不可能对你所要了解的事物真正地了解。特别是今天的科学技术越来越专门化，而每一专门学科都和许多学科有着不可分割的联系。因此，在我们的专业学习中，为了很好地深入理解某一门学科，就有必要对和它有关的学科具有一定的知识，否则想对本学科真正地深入是不可能的。这是一种中心和外围的关系，这样的“外围基础”是每一门学科所必不可少的。“外围基础”越宽广深厚，就越有利于中心学科之更精更高。

拿土建系的建筑学专业和工业与民用建筑专业来说，由于建筑是一门和人类的生产和生活关系最密切的技术科学，一切生产和生活的活动都必须有房屋，而生产和生活的功能要求是极其多样化的。因此，要使我们的建筑满足各式各样的要求，设计人就必须对这些要求有一定的知识；另一方面，人们对于建筑功能的要求是无止境的，科学技术的不断进步就为越来越大限度地满足这些要求创造出更有利的条件，有利的科学技术条件又推动人们提出更高的要求。如此循环，互为因果地促使建筑科学技术不断地向前发展。到今天，除了极简单的小型建筑可能由建筑师单独设计外，绝大多数建筑设计工作都必须由许多不同专业的工程师共同担当起来。不同工种之间必然存在着种种矛盾，因此就要求各专业工程师对于其他专业都有一定的知识，彼此了解工作中存在的问题，才能够很好地协作，使矛盾统一，汇合成一个完美的建筑整体。

1958 年以来设计大剧院、科技馆、博物馆等几项巨型公共建筑，就是由若干系的十几个专业协作共同担当起来的。在这一次真刀真枪的协作中，工作的实际迫使我们更多地彼此了解。通过这一过程，各工种的设计人对有关工种的问题有了了解，进行设计考虑问题也就更全面了；这就促使着自己专业的设计更臻完善。事实证明，“博”不但有助于“精”，而且是“精”的必要条件。闭关自守、固步自封地求“精”就必然会陷入形而上学的泥坑里。

再拿建筑学这一专业来说。它的范围从一个城市的规划到个体建筑乃至细部装饰的设计。城市规划是国民经济和城市社会生活的反映，必须适应生产和生活的全面要求，因此要求规划设计人员对城市的生产和生活——经济和社会情况有深入的知识。每一座个体建筑也是由生产或者生活提出的具体要求而进行设计的。大剧院的设计人员就必须深入了解一座剧院从演员到观众，从舞台到票房，从声、光到暖、通、给排水、机、电以及话剧、京剧、歌舞剧、独唱、交响乐等等各方面的要求。建筑的工程和艺术的双重性又要求设计人员具有深入的工程结构知识和高度艺术修养，从新材料新技术一直到建筑的历史传统和民族特征。这一切都说明“博”是“精”的基础，“博”是“精”的必要条件。为了“精”我们必须长期不懈地培养自己专业的“外围基础”。

必须明确：我们所要的“博”并不是漫无边际的无所不知、无所不晓。“博”可以从两个要求的角度去培养。一方面是以自己的专业为中心的“外围基础”的知识。在这方面既要提防漫无边际，又要提防兴之所至而引入歧途，过分深入地去钻研某一“外围”的问题，钻了“牛角尖”。另一方面是为了个人的文化修养的要求可以对于文学、艺术等方面进行一些业余学习。这可以丰富自己的知识，可以陶冶性灵，是结合劳逸的一种有效且有益的方法。党对这是非常重视的。解放以来出版的大量的文学、艺术图籍，美不胜收的电影、音乐、戏剧、舞蹈演出和各种展览会就是有力的证明。我们应该把这些文娱活动也看作培养我们身心修养的“博”的一部分。

1961 年 7 月

正义

//

朱自清

人间的正义是在哪里呢？

正义是在我们的心里！从明哲的教训和见闻的意义中，我们不是得着大批的正义么？但白白的搁在心里，谁也不去取用，却至少是可惜的事。两石白米堆在屋里，总要吃它干净，两箱衣服堆在屋里，总要轮流穿换，一大堆正义却扔在一旁，满不理会，我们真大方，真舍得！看来正义这东西也真贱，竟抵不上白米的一个尖儿，衣服的一个扣儿。——爽性用它不着，倒也罢了，谁都又装出一副发急的样子，张张皇皇的寻觅着。这个葫芦里卖的什么药？我的聪明的同伴呀，我真想不通了！

我不曾见过正义的面，只见过它的弯曲的影儿——在“自我”的唇边，在“威权”的面前，在“他人”的背后。

正义可以做幌子，一个漂亮的幌子，所以谁都愿意念着它的名字。“我是正经人，我要做正经事”，谁都向他的同伴这样隐隐的自诩着。但是除了用以“自诩”之外，正义对于他还有什么作用呢？他独自一个时，在生人中间时，早忘了它的名字，而去创造“自己的正义”了！他所给予正义的，只是让它的影儿在他的唇边闪烁一番而已。但是，这毕竟不算十分辜负正义，比那凭着正义的名字以行罪恶的，还胜一筹。可怕的正是这种假名行恶的人。他嘴里唱着正义的名字，手里却满满的握着罪恶；他将这些罪恶送给社会，粘上金碧辉煌的正义的签条送了去。社会凭着他所唱的名字和所粘的签条，欣然受了这份礼；就是明知道是罪恶，也还是欣然受了这份礼！易卜生“社会栋梁”一出戏，就是这种情形。这种人的唇边，虽更频繁的闪烁着正义的弯曲的影儿，但是深藏在他们心底的正义，只怕早已霉了，烂了，且将毁灭了。在这些人里，我见不着正义！

在亲子之间，师傅学徒之间，军官兵士之间，上司属僚之间，似乎有正义可见了，但是也不然。卑幼大抵顺从他们长上的，长上要施行正义于他们，他们诚然是不“能”违抗的——甚至“父教子死，子不得不死”一类话也说出来了。他们发现有形的扑鞭和无形的赏罚在长上们的背后，怎敢去违抗呢？长上们凭着威权的名字施行正义，他们怎敢不遵呢？但是你私下问他们，“信么？服么？”他们必摇摇他们的头，甚至还奋起他们的双拳呢！这正是因为长上们不凭着正义的名字而施行正义的缘故了。这种正义只能由长上行于卑幼，卑幼是不能行于长上的，所以是偏颇的；这种正义只能施于卑幼，而不能施于他人，所以是破碎的；这种正义受着威权的鼓弄，有时不免要扩大到它的应有的轮廓之外，那时它又是肥大的。这些仍旧只是正义的弯曲的影儿。不凭着正义的名字而施行正义，我在这等人里，仍旧见不着它！

在没有威权的地方，正义的影儿更弯曲了。名位与金钱的面前，正义只剩淡如水的微痕了。你瞧现在一班大人先生见了所谓督军等人的劲儿！他们未必愿意如此的，但是一当了面，估量着对手的名位，就不免心里一软，自然要给他一些面子——于是不知不觉的就敷衍起来了。至于平常的人，偶然见了所谓名流，也不免要吃一惊，那时就是心里有一百二十个不以为然，也只好姑且放下，另做出一番“足恭”的样子，以表倾慕之诚。所以一班达官通人，差不多是正义的化外之民，他们所做的都是合于正义的，乃至他们所做的就是正义了！——在他们实在无所谓正义与否了。呀！这样，正义岂不已经沦亡了？却又不然。须知我只说“面前”是无正义的，“背后”的正义却幸而还保留着。社会的维持，大部分或者就靠着这背后的正义罢。但是背后的正义，力量究竟是有限的，因为隔开一层，不由的就单弱了。一个为富不仁的人，背后虽然免不了人们的指摘，面前却只有恭敬。一个华服翩翩的人，犯了违警律，就是警察也要让他五分。这就是我们的正义了！我们的正义百分之九十九是在背后的，而在极亲近的人间，有时连这个背后的正义也没有！因为太亲近了，什么也可以原谅了，什么也可以马虎了，正义就任怎么弯曲也可以了。背后的正义只有存生疏的人们间。生疏的人们间，没有什么密切的关系，自然可以用上正义这个幌子。至于一定要到背后才叫出正义来，那全是为了情面的缘故。情面的根柢大概也是一种同情，一种廉价的同情。现在的人们只喜欢廉价的东西，在正义与情面两者中，就尽先取了情面，而将正义放在背后。在极亲近的人间，情面的优先权到了最大限度，正义就几乎等于零，就是在背后也没有了。背后的正义虽也有相当的力量，但是比起面前的正义就大大的不同，启发与戒惧的功能都如掺了水的薄薄的牛乳似的——于是仍旧只算是一个弯曲的影儿。在这些人里，我更见不着正义！

人间的正义究竟是在哪里呢？满藏在我们心里！为什么不取出来呢？它没有优先权！在我们心里，第一个尖儿是自私，其余就是威权，势力，亲疏，情面等等；等到这些角色一一演毕，才轮得到我们可怜的正义。你想，时候已经晚了，它还有出台的机会么？没有！所以你要正义出台，你就得排除一切，让它做第一个尖儿。你得凭着它自己的名字叫它出台。你还得抖擞精神，准备一副好身手，因为它是初出台的角儿，捣乱的人必多，你得准备着打——不打不成相识呀！打得站住了脚携住了手，那时我们就能从容的瞻仰正义的面目了。

1924 年

集中的精力

//

邹韬奋

不分散精力于许多不同的事情，专心一志于一件最重要的事业，这是现今世界上要成功的人的一种极重要的需求。在这种需要集中注意集中精力的时代，凡是分散努力不能有所专注的人，绝无成功之望。

大不同

成功者与失败者大不同之点，并不在他们所做的工作的分量，是在乎他们工作的效率。有许多失败的朋友，他们所做的事并不少，讲到量的方面，与成功的人比起来，并无逊色。但是他们却是瞎做，不晓得利用机会，不晓得由失败里面获得教训；他的大毛病就是身手虽在那里做，精神上却没精打采的，并未曾用他全副精力，专注于此，所以虽然做了，徒然白费工夫。

无目的

这种人只晓得埋头苦做，你倘若问他目的何在，他就瞠目莫知所对。我们要知道，我们要寻得什么东西，心里先要存着要寻得这东西的观念，否则物且无有，何寻之有？环集于花上的昆虫，不止蜜蜂，但是采蜜以去的只有蜜蜂。

不但用于工作

集中的精力，不但宜用于工作，就是研究学问，非集中精力，一定像走马灯一样；就是游戏，也非集中精力去玩，不能获到休养身心的良果。

说得好

钦斯来（Charles Kingsley）说得好：“我专心致志于一件事情的时候，好像在世界上只有这一件事。”唯其能如此，所以关于这事的前前后后，无不留心，无不竭精殚思，便做成有智力的工作（intelligent work），不是瞎撞的事情。

小孩子

你若教一个小孩子学走路，引诱他的眼睛望着一件特殊的东西，他便精力集中，望着这件东西走，特别稳妥，特别敏捷，你倘若在各方诱他叫他，他便分散注意力，上你的当，一失足便跌了下来。这件小事很可以说明集中精力的妙用。

艺　术

试就艺术说，无论什么真正的艺术，明确的目标，是其中一个重要的特色。如果有一位画画的人，他把许多观念，同时都堆入一张帆布上画了起来，并无或轻或重之处，便是画成一张乱七八糟的画，决不能成为一位画家。真正的画家，却要利用种种的变异，把一个最主要的意思托现出来，好像其他许多景物，许多光线，许多颜色，都是向着那个主要的意思为中心，共同把他表现出来。

人　生

人生也是如此，所以良好和融的生活，无论才能如何广阔，学识如何丰博，一生总须有一个做中心的大目标。在此目标之下，才能学识等等都好像是附属物，共同把他逐渐表现出来，陪衬出来。

1927 年 10 月

“春朝”一刻值千金

——懒惰汉的懒惰想头之一

//

梁遇春

十年来，求师访友，足迹走遍天涯，回想起来，给我最大益处的却是“迟起”，因为我现在脑子里所有些聪明的想头，灵活的意思，多半是早上懒洋洋地赖在床上想出来的。我真应该写几句话赞美它一番，同时还可以告诉有志的人们一点迟起艺术的门径。谈起艺术，我虽然是门外汉，不过对于迟起这门艺术倒可说是一位行家，因为我既具有明察秋毫的批评能力，又带了甘苦备尝的实践精神。我天天总是在可能范围之内，尽量地滞在床上——那是我们的神庙——看着射在被上的日光，暗笑四围人们无谓的匆忙，回味前夜的痴梦——那是比做梦还有意思的事，——细想迟起的好处，唯我独尊地躺着，东倒西倾的小房立刻变作一座快乐的皇宫。

诗人、画家为着要追求自己的幻梦，实现自己的痴愿，宁可牺牲一切物质的快乐，受尽亲朋的诟骂。他们从艺术里能够得到无穷的安慰，那是他们真实的世界，外面的世界对于他们，反变成一个空虚。迟起艺术家也具有同等的精神。区区虽然不是一个迟起大师，但是对于本行艺术的确有无限的热忱——艺术家的狂热。所以，让我拿自己做个例子罢。当我是个小孩时候，我的生活由家庭替我安排，毫无艺术的自觉，早上六点就起来了。后来到北方念书去，北方的天气是培养迟起最好的沃土，许多同学又都是程度很高的迟起艺术专家，于是绝好的环境同朋辈的切磋使我领略到迟起的深味，我的忠于艺术的热度也一天一天地增高。暑假年假回家时期，总在全家人吃完了早饭之后，我才敢动起床的念头。老父常常对我说清晨新鲜空气的好处，母亲有时提到重温稀饭的麻烦，慈爱的祖母也屡次向我姑母说“早起三日当一工”（我的姑母老是起得很早的），我虽然万分不愿意失丢大人们的欢心，但是为着忠于艺术的缘故，居然甘心得罪老人家。后来老人家知道我是无可救药的，反动了怜惜的心肠，他们早上九点钟时候走过我的房门前还是用着足尖；人们温情地放纵我们的弱点是最容易刺动我们麻木的良心，但是，我总舍不得违弃了心爱的艺术，所以还是懊悔地照样地高卧。在大学里，有几位道貌岸然的教授对于迟到学生总是白眼相待，我不幸得很，老做他们白眼的鹄的，也曾好几次下个决心早起，免得一进教室的门，就受两句冷讽。可是一年一年地过去，我足足受了四年的白眼待遇，里头的苦处，是别人想不出来的。有一年寒假住在亲戚家里，他们晚饭的时间是很早的，所以一醒来，腹里就“咕隆”地响着。我却按下饥肠，故意想出许多有趣事情，使自己忘却了肚饿，有时饿出汗来，还是坚持着非到十时是不起来的。对于艺术，我是多么忠实，情愿牺牲。枵腹做诗的爱伦·波，真可说是我的同志。后来入世谋生，自然会忽略了艺术的追求；不过，我还是尽量地保留一向的热诚，虽然已经是够堕落了。想起我个人因为迟起所受的许多说不出的苦痛，我深深相信，迟起是一门艺术，因为只有艺术才会这样带累人，也只有艺术家，才肯这样不变初衷地往前牺牲一切。

但是，从迟起我也得到不少的安慰，总够补偿我种种的苦痛。迟起给我最大的好处是我没有一天不是很快乐地开头的。我天天起来总是心满意足的，觉得我们住的世界无日不是春天，无处不是乐园。当我神怡气舒地躺着时候，我常常记起勃朗宁的诗："上帝在上，万物各得其所。"（鱼游水里，鸟栖树枝，我卧床上。）人生是短促的，可是若使我们有过光荣的青春，我们的一生就不能算是虚度，我们的残年很可以傍着火炉，晒着太阳，在回忆里过日子。同样地，一天的光阴是很短促的，可是若使我们有过光荣的早上（一半时间花在床上的早晨！），我们这一天就不能说是白丢了。我们其余时间可以用在追忆清早的幸福，我们青年时期若使是欢欣的结晶，我们的余生一定不会很凄凉的。青春的快乐是有影子留下的，那影子好似带了魔力，惨淡的老年给它一照，也呈出和蔼慈祥的光辉。我们一天里也是一样的，人们不是常说：一件事情好好地开头，就是已经成功一半了——那么赏心悦意的早晨是一天快乐的先导。

迟起，不单是使我天天快活地开头，还叫我们每夜高兴地结束这个日子；我们夜夜去睡时候，心里就预料到明早迟起的快乐——预料中的快乐是比当时的享受，味还长得多——这样子，我们一天的始终都是给生机活泼的快乐空气围住，这个可爱的升平景象，却是迟起一手做成的。

迟起，不仅是能够给我们这甜蜜的空气，它还能够打破我们结结实实的苦闷。人生最大的愁忧是生活的单调。悲剧是很热闹的，怪有趣的；只有那不生不死的机械式生活，才是最无聊赖的。迟起真是唯一的救济方法。你若使感到生活的沉闷，那么请你多睡半点钟（最好是一点钟），你起来一定觉得许多要干的事情没有时间做了，那么是非忙不可——“忙”是进到快乐宫的金钥，尤其那自己找来的忙碌。忙是人们体力发泄最好的法子，亚里士多德不是说过：人的快乐是生于能力变成效率的畅适。我常常在办公时间五分钟以前起床，那时候，洗脸、拭牙、进早餐，都要用最快的速度完成，全变作最浪漫的举动。当牙膏四溅，脸水横飞，一手拿着头梳，对着镜子，一面吃面包时节，谁会说人生是没有趣味呢？而且当时只怕过了时间，心中充满了冒险的情绪。这些暗地晓得不碍事的冒险兴奋，是顶可爱的东西，尤其是对于我们这班不敢真真履险的懦夫。我喜欢北方的狂风，因为当我们衔着黄沙往前进的时候，我们仿佛是斩将先登、冲锋陷阵的健儿，跟自然的大力肉搏，这是多么可歌可泣的壮举；同时，除开耳孔、鼻孔塞点沙土外，丝毫危险也没有，不管那时是怎地像煞有介事样子。冒险的嗜好，哪个人没有，不过我们胆小，不愿白丢了生命。仁爱的上帝，因此给我们卷地蔽天的刮风，做我们安稳冒险的材料。住在江南的可怜虫，找不到这一天赐的机会，只得英雄做时势，迟些起来，自己创造机会。就是放假期间，十时半起床，早餐后抽完了烟，已经十一时过了，一想到今天打算做的事情一件也没有动手，赶紧忙着起来——天下里还有比无事忙更有趣味的事吗？若使你因为迟起挨到人家的闲话，那最少也可以打破你日常一波不兴无声无阒的生活。我想，凡是尝过生活的深味的人，一定会说痛苦比单调灰色生活强得多，因为痛苦是活的，灰色的生活却是死的象征。迟起本身好似是很懒惰的，但是它能够给我们最大的活气，使我们的生活跳动生姿；世上最懒惰不过的人们，是那般黎明即起，老早把事做好，坐着呆呆地打呵欠的人们。迟起所有的这许多安慰，除开艺术，我们哪里还找得出来呢？许多人现在还不明白迟起的好处，这也可以证明迟起是一种艺术，因为只有艺术，人们才会这样地不去睬它。

现在春天到了，“春宵苦短日高起”，五六点钟醒来，就可以看见太阳，我们可以醉也似的躺着，一直躺了好几个钟头，静听流莺的巧啭，细看花影的慢移，这真是迟起的绝好时光。能让我们天天多躺一会儿罢，别辜负了这一刻千金的“春朝”。

《懒惰汉的懒惰想头》（*Idle Thoughts of An Idle Fellow*）是当代英国小品文家 Jerome K. Jerome（杰罗姆·凯·杰罗姆）的文集名字，集里所说的都是拉闲扯散、瞎三道四的废话，可是自带有幽默的深味，好似对于人生有比一般人更微妙的认识同玩味——这或者只是因为我自己也是懒惰汉。官官相卫，惺惺惜惺惺，那么也好，就随它去罢。“春宵一刻值千金”这句老话，是谁也知道的。我觉得换一个字，就可以做我的题目。连小小二句题目，都要东抄西袭凑合成的，不肯费心机自己去做一个，这也可以见我的懒惰了。

在副题目底下加了“之一”两字，自然是指明我还要继续写些这类无聊的小品文字，但是什么时候会写第二篇，那是连上帝都不敢预言的。我是那么懒惰，有时晚上想好了意思，第二天起得太早，心中一懊悔，什么好意思都忘却了。

1929 年 5 月

感情

//

邹韬奋

我们待人，金钱的势力有限，威势的势力也有限，最能深入最能持久的是感情的势力，深切恳挚的感情，是使人心悦诚服的根源。

我们的亲属，或是我们的挚友，其中若有不幸而离开人世的，我们不自禁其鼻酸心痛，悲哀涕哭；听见有一个不相识的路人在门口被汽车轧死，我们至多悯惜而已，决不至流出眼泪来。亲属挚友是人，路人也是人，然而或悲或不悲，不过一则有感情，一则无感情而已。

友人某君在某机关居于领袖的地位，他对于其中的职员，除公事外，对于各人的私事，各人家庭状况之困难情形，个人疾病之苦痛情形等等，都很关切，时常查询慰问，有可以帮忙的地方无不热诚帮忙，所以许多同事视他不仅是公事上一个领袖，也是精神上得着安慰的一个良友。

又有一个机关的领袖，他的学识经验都很使人佩服，但是我问起他机关里职员对于他的感想怎样，所得的答语是："我们对于他敬则有之，不过感情一点儿没有！"我追求其故，才知道这位领袖于公事之外，对于同事私人的事情，从来没有一个字问起。你就是告了几天病假，来的时候，他把公事交给你就是了，问都不问，慰问更不必说！依他那样的冷淡态度，你死了，他就移原来薪水另雇一人就是了，心里恐怕一点不觉得什么！所以替他做事的人，也不过想我每月拿你多少钱，全看钱的面上替你做多少事，如此而已，至于个人的感情方面，直等于零！

上面那两个机关，在平日太平的时候，也许看不出什么差异，一旦有了特别的事故来，如受外界的诱惑或内部的意见而闹风潮的时候，结果使大不同了。

我还有一位朋友在上海某机关服务，他是常州人，不幸生了病，回乡去卧了一个多月，他那个机关里的领袖三番五次的写信慰问他，叫他尽管静养，不要性急。他说当时捧读这种情意殷切的信，真觉得感慰交并，精神上大为舒服，简直可以说于医药之外，也是促他速愈的一个要素！

我们倘能平心静气从这类事实上体会，很可以看出待人的道理；我们平日待人的时候，很要在这种地方留神，也可以说是做人处世的一种道理。

1928 年 8 月

惜福，习劳，持戒，自尊

//

李叔同

丙子正月开学日在南普陀寺佛教养正院讲：

养正院从开办到现在，已是一年多了。外面的名誉很好，这因为由瑞金法师主办，又得各位法师热心爱护，所以能有这样的成绩。

我这次到厦门，得来这里参观，心里非常欢喜。各方面的布置都很完美，就是地上也扫得干干净净的，这样，在别的地方，很不容易看到。

我在泉州草庵大病的时候，承诸位写一封信来，各人都签了名，慰问我的病状；并且又承诸位念佛七天，代我忏悔，还有像这样别的事，都使我感激万分！

再过几个月，我就要到鼓浪屿日光岩去方便闭关了。时期大约颇长久，怕不能时时会到，所以特地发心来和诸位叙谈叙谈。

今天所要和诸位谈的，共有四项：一是惜福，二是习劳，三是持戒，四是自尊，都是青年佛徒应该注意的。

惜福

“惜”是爱惜，“福”是福气。就是我们纵有福气，也要加以爱惜，切不可把它浪费。诸位要晓得：末法时代，人的福气是很微薄的，若不爱惜，将这很薄的福享尽了，就要受莫大的痛苦，古人所说“乐极生悲”，就是这意思啊！我记得从前小孩子的时候，我父亲请人写了一副大对联，是清朝刘文定公的句子，高高地挂在大厅的抱柱上，上联是“惜食，惜衣，非为惜财缘惜福”。我的哥哥时常教我念这句子，我念熟了，以后凡是临到穿衣或是饮食的当儿，我都十分注意，就是一粒米饭，也不敢随意糟掉；而且我母亲也常常教我，身上所穿的衣服当时时小心，不可损坏或污染。这是因为母亲和哥哥怕我不爱惜衣食，损失福报以致短命而死，所以常常这样叮嘱。

诸位可晓得，我五岁的时候，父亲就不在世了！七岁时我练习写字，拿整张的纸瞎写，一点不知爱惜，我母亲看到，就正颜厉色地说：“孩子！你要知道呀！你父亲在世时，莫说这样大的整张的纸不肯糟蹋，就连寸把长的纸条，也不肯随便丢掉哩！”母亲这话，也是惜福的意思啊！

我因为有这样的家庭教育，深深地印在脑里，后来年纪大了，也没一时不爱惜衣食；就是出家以后，一直到现在，也还保守着这样的习惯。诸位请看我脚上穿的一双黄鞋子，还是一九二〇年在杭州时候，一位打念佛七的出家人送给我的。又诸位有空，可以到我房间里来看看，我的棉被面子，还是出家以前所用的；又有一把洋伞，也是一九一一年买的。这些东西，即使有破烂的地方，请人用针线缝缝，仍旧同新的一样了。简直可尽我形寿受用着哩！不过，我所穿的小衫裤和罗汉草鞋一类的东西，却须五六年一换，除此以外，一切衣物，大都是在家时候或是初出家时候制的。

从前常有人送我好的衣服或别的珍贵之物，但我大半都转送别人。因为我知道我的福薄，好的东西是没有胆量受用的。又如吃东西，只生病时候吃一些好的，除此以外，从不敢随便乱买好的东西吃。

惜福并不是我一个人的主张，净土宗大德印光老法师也是这样，有人送他白木耳等补品，他自己总不愿意吃，转送到观宗寺去供养谛闲法师。别人问他："法师！你为什么不吃好的补品？"他说："我福气很薄，不堪消受。"

他老人家——印光法师，性情刚直，平常对人只问理之当不当，情面是不顾的。前几年有一位皈依弟子，是鼓浪屿有名的居士，去看望他，和他一道吃饭，这位居士先吃好，老法师见他碗里剩落了一两粒米饭；于是就很不客气地大声呵斥道："你有多大福气，可以这样随便糟蹋饭粒！你得把它吃光！"

诸位！以上所说的话，句句都要牢记！要晓得：我们即使有十分福气，也只好享受三分，所余的可以留到以后去享受；诸位或者能发大心，愿以我的福气，布施一切众生，共同享受，那更好了。

习劳

“习”是练习，“劳”是劳动。现在讲讲习劳的事情：

诸位请看看自己的身体，上有两手，下有两脚，这原为劳动而生的。若不将它运用习劳，不但有负两手两脚，就是对于身体也一定有害无益。换句话说：若常常劳动，身体必定康健。而且我们要晓得：劳动原是人类本分上的事，不惟我们寻常出家人要练习劳动，即使到了佛的地位，也要常常劳动才行，现在我且讲讲佛的劳动的故事。

所谓佛，就是释迦牟尼佛。在平常人想起来，佛在世时，总以为同现在的方丈和尚一样，有衣钵师、侍者师常常侍候着，佛自己不必做什么；但是不然。有一天，佛看到地下不很清洁，自己就拿起扫帚来扫地，许多大弟子见了，也过来帮扫，不一时，把地扫得十分清洁。佛看了欢喜，随即到讲堂里去说法，说道：“若人扫地，能得五种功德……”

又有一个时候，佛和阿难出外游行，在路上碰到一个喝醉了酒的弟子，已醉得不省人事了。佛就命阿难抬脚，自己抬头，一直抬到井边，用桶吸水，叫阿难把他洗濯干净。

有一天，佛看到门前木头做的横楣坏了，自己动手去修补。

有一次，一个弟子生了病，没有人照应，佛就问他说：“你生了病，为什么没人照应你？”那弟子说：“从前人家有病，我不曾发心去照应他；现在我有病，所以人家也不来照应我了。”佛听了这话，就说：“人家不来照应你，就由我来照应你吧！”

就将那病弟子大小便种种污秽，洗濯得干干净净，并且还将他的床铺，理得清清楚楚，然后扶他上床。由此可见，佛是怎样的习劳了。佛决不像现在的人，凡事都要人家服劳，自己坐着享福。这些事实，出于经律，并不是凭空说说的。

现在我再说两桩事情，给大家听听：《阿弥陀经》中载着的一位大弟子——阿尼律陀，他双目失明，不能料理自己，佛就替他裁衣服，还叫别的弟子一道帮着做。

有一次，佛看到一位老年比丘眼睛花了，要穿针缝衣，无奈眼睛看不清楚，嘴里叫着：“谁能替我穿针呀！”佛听了立刻答应说：“我来替你穿。”

以上所举的例，都足以证明佛是常常劳动的。我盼望诸位，也当以佛为模范，凡事自己动手去做，不可依赖别人。

持戒

“持戒”二字的意义，我想诸位总是明白的吧！我们不说修到菩萨或佛的地位，就是想来生再做人，最低的限度，也要能持五戒。可惜现在受戒的人虽多，只是挂个名而已，切切实实能持戒的却很少。要知道：受戒之后，若不持戒，所犯的罪，比不受戒的人要加倍的大，所以我时常劝人不要随便受戒。至于现在一般传戒的情形，看了真痛心，我实在说也不忍说了！我想最好还是随自己的力量去受戒，万不可敷衍门面，自寻苦恼。

戒中最重要的，不用说是杀、盗、淫、妄，此外还有饮酒、食肉，也易惹人讥嫌。至于吃烟，在律中虽无明文，但在我国习惯上，也很容易受人讥嫌的，总以不吃为是。

自尊

“尊”是尊重，“自尊”就是自己尊重自己，可是人都喜欢人家尊重我，而不知我自己尊重自己；不知道要想人家尊重自己，必须从我自己尊重自己做起。怎样尊重自己呢？就是自己时时想着：我当做一个伟大的人，做一个了不起的人。比如我们想做一位清净的高僧吧，就拿《高僧传》来读，看他们怎样行，我也怎样行，所谓：“彼既丈夫我亦尔。”又比方我想将来做一位大菩萨，那就当依经中所载的菩萨行，随力行去。这就是自尊。但自尊与贡高不同，贡高是妄自尊大，目空一切的胡乱行为；自尊是自己增进自己的德业，其中并没有一丝一毫看不起人的意思的。

诸位万万不可以为自己是一个小孩子，是一个小和尚，一切不妨随便些，也不可说我是一个平常的出家人，哪里敢希望做高僧做大菩萨。凡事全在自己做去，能有高尚的志向，没有做不到的。

诸位如果这样想：我是不敢希望做高僧、做大菩萨的，那做事就随随便便，甚至自暴自弃，走到堕落的路上去了，那不是很危险的么？诸位应当知道：年纪虽然小，志气却不可不高啊！

我还有一句话，要向大家说，我们现在依佛出家，所处的地位是非常尊贵的，就以剃发、披袈裟的形式而论，也是人天师表，国王和诸天人来礼拜，我们都可端坐而受。你们知道这道理么？自今以后，就当尊重自己，万万不可随便了。

以上四项，是出家人最当注意的，别的我也不多说了。我不久就要闭关，不能和诸位时常在一块儿谈话，这是很抱歉的。但我还想在关内讲讲律，每星期约讲三四次，诸位碰到例假，不妨来听听！

今天得和诸位见面，我非常高兴。我只希望诸位把我所讲的四项，牢记在心，作为永久的纪念！

时间讲得很久了，费诸位的神，抱歉！抱歉！

人生问题

胡适

1903年，我只有十二岁，那年12月17日，有美国的莱特兄弟做第一次飞机试验，用很简单的机器试验成功，因此美国定12月17日为飞行节。12月17日正是我的生日，我觉得我同飞行有前世因缘。我在前十多年，曾在广西飞行过十二天，那时我作了一首《飞行小赞》，这算是关于飞行的很早的一首词。诸位飞过大西洋、太平洋，我在民国三十年，在美国也飞过四万英里，这表示我同诸位不算很隔阂。今天大家要我讲人生问题，这是诸位出的题目，我来交卷。这是很大的问题，让我先下定义，但是定义不是我的，而是思想界老前辈吴稚晖的。他说：人为万物之灵，怎么讲呢？第一：人能够用两只手做东西。第二：人的脑部比一切动物的都大，不但比哺乳动物大，并且比人的老祖宗猿猴的还要大。有这能做东西的两手和比一切动物都大的脑部，所以说人为万物之灵。

人生是什么？即是人在戏台上演戏，在唱戏。看戏有各种看法，即对人生的看法叫做人生观。但人生有什么意义呢？怎样算好戏？怎样算坏戏？我常想：人生意义就在我们怎样看人生。意义的大小浅深，全在我们怎样去用两手和脑部。人生很短，上寿不过百年，完全可用手脑做事的时候，不过几十年。有人说，人生是梦，是很短的梦。有人说，人生不过是肥皂泡。其实，就是最悲观的说法，也证实我上面所说人生的有没有意义全看我们对人生的看法。就算他是做梦吧，也要做一个热闹的、轰轰烈烈的好梦，不要做悲观的梦。既然辛辛苦苦地上台，就要好好地唱个好戏，唱个像样子的戏，不要跑龙套。

人生不是单独的，人是社会的动物，他能看见和想象他所看不到的东西，他有能看到上至数百万年下至子孙百代的能力。无论是过去、现在或将来，人都逃不了人与人的关系。比如这一杯茶（讲演桌上放着一杯玻璃杯盛的茶）就包括多少人的贡献，这些人虽然看不见，但从种茶、挑选、用自来水，自来水又包括电力等等，这有多少人的贡献，这就可以看出社会的意义。我们的一举一动，也都有社会的意义，譬如我随便往地上吐口痰，经太阳晒干，风一吹起，如果我有痨病，风可以把病菌带给几个人到无数人。我今天讲的话，诸位也许有人不注意，也许有人认为没道理，也许说胡适之胡说，是瞎说八道，也许有人因我的话回去看看书，也许竟一生受此影响。

一句话，一句格言，都能影响人。我举一个极端的例子：两千五百年前，离尼泊尔不远的地方，路上有一个乞丐死了，尸首正在腐烂。这时走来一位年轻的少爷叫 Gotama，后来就是释迦牟尼佛，这位少爷是生长于深宫中不知穷苦的，他一看到尸首，问这是什么，人说这是死。他说：噢！原来死是这样子，我们都不能不死吗？这位贵族少爷就回去想这问题，后来跑到森林中去想，想了几年，出来宣传他的学说，就是所谓的佛学。这尸身腐烂一件事，就有这么大的影响。飞机在莱特兄弟做试验时，是极简单的东西，经四十年的工夫、多少人的聪明才智，才发展到今天。

我们一举一动、一言一行、一点行为都可以有永远不能磨灭的影响。几年来的战争，都是由希特勒的一本《我的奋斗》闯的祸，这一本书害了多少人？反过来说，一句好话，也可以影响无数人，我讲一个故事：民国元年，有一个英国人到我们学堂讲话，讲的内容很荒谬，但他的O字的发音，同普通人不一样，是尖声的，这也影响到我的O字发音，许多我的学生又受到我的影响。在四十年前，有一天我到一外国人家去，出来时鞋带掉了，那外国人提醒了我，并告诉我系鞋带时，把结头底下转一弯就不会掉了，我记住了这句话，并又告诉许多人，如今这外国人是死了，但他这句话已发生不可磨灭的影响。

总而言之，从顶小的事情到顶大的像政治、经济、宗教等，我们的一举一动都有不可磨灭的影响，尽管看不见，影响还是有。在孔夫子小时，有一位鲁国人说：人生有三不朽，即立德、立功、立言。立德就是最伟大的人格，像耶稣、孔子等。立功就是对社会有贡献。立言包括思想和文学，最伟大的思想和文学都是不朽的。但我们不要把这句话看得贵族化，要看得平民化，比如皮鞋打结不散、吐痰、O的发音，都是不朽的。就是说：不但好的东西不朽，坏的东西也不朽，善不朽，恶亦不朽。一句好话可以影响无数人，一句坏话可以害死无数人。这就给我们一个人生标准，消极的我们不要害人，要懂得自己行为。积极地要使这社会增加一点儿好处，总要叫人家得我一点儿好处。再回来说，人生就算是做梦，也要做一个像样子的梦。宋朝的政治家王安石有一首诗，题目是《梦》。说："知世如梦无所求，无所求心普定寂。还似梦中随梦境，成就河沙梦功德。"不要丢掉这梦，要好好去做！即算是唱戏，也要好好去唱。

1948 年 8 月

第三章

时间不语，次第花开

放下与执着

//

史铁生

几位老友，不常见面，见了面总劝我“放下”。放下什么呢？没说，断续劝我：“把一切都放下，人就不会生病。”我发现我有点儿狡猾了，明知那是句佛家经常的教诲（比如“放下屠刀，立地成佛”；“屠刀”也不专指索命的器具，是说一切迷执），却佯装不知。佯装不知，是因为我心里着实有些不快；可见嗔心确凿，是要放下的。何致不快呢？从那劝导中我听出了一个逆推理：你所以多病，就因为你没放下。逆推理中又含了一条暗示：我为什么身体好呢？全都放下了。

既知嗔心确在，就别较劲儿。坐下，喝茶，说点儿别的。可谁料，一晚上，主张放下的几位却始终没放下几十年前的“文革”旧怨，那时谁把谁怎样了吧，谁和谁是一派的吧，谁表面如何其实不然呀，等等。就不说这“谁”字具体是指谁了吧，总归不是“他”或“他们”，就是“我”和“我们”。

所以，放下什么才是真问题。比如说：放下烦恼，也放下责任吗？

放下怨恨，也放下爱愿吗？放下差别心，难道连美丑、善恶都不要分？放下一切，既不可能，也不应该。总不会指着什么都潇洒地说一声“放下”，就算有了佛性吧？当然，万事都不往心里去可以是你的选择，你的自由，但人间的事绝不可以是这样，也从来没有这样过。举几个例子吧：是执着于教育的人教会了你读书，包括读经。是执着于种田的人保障着众人的温饱，你才有余力说“放下”。唯因有了执着于交通事业的人，老友们才得聚来一处喝茶。若无各门各类的执着者，咱这会儿还在钻木取火呢，还是连钻木取火也已经放下？

错的不是执着，是执迷，有些谈佛论道的书中将这两个词混用，窃以为十分不妥。“执迷”的意思，差不多是指异化、僵化、故步自封、知错不改。何致如此呢？无非“名利”二字。但谋生，从而谋利，只要合法，就不是迷途。名却厉害；温饱甚至富足之后，价值感，常把人弄得颠三倒四。谋利谋到不知所归，其实也是在谋名了——优越感，或价值感。价值感错了吗？人要活得有价值，不对吗？问题是，在这个一切都可以卖的时代，价值的解释权通常是属于价格的，价值感自也是亦步亦趋。

价值和价格的差距本属正当。但这差距却无从固定，可以很大，也可以很小，当然这并非坏事，这正是经济学所赞美的那只市场的无形之手。可这只手，一旦显形为铺天盖地的广告，一旦与认钱不认货的媒体相得益彰，事情就不一样了。怎么不一样？只要广告深入人心，东西好坏倒不要紧了——好也未必就卖得好，不好也未必就卖不好。媒体和广告沆瀣一气，大约是经济学未及引入的一个——几乎没有底线的——参数。是呀，倘那无形或有形的手也成了商品，又靠谁来调节它呢？价格既已不认价值这门亲，价值感孤苦无靠去拜倒在价格门下，也就不是什么难解的题。而这逻辑，一旦以“更快、更高、更强”的气势，超越经济，走进社会各个领域，耳边常闻的关键词就只有利润、码洋、票房和收视率了。另有四个词在悄声附和：房子、车子、股市、化疗。此即执迷。

而“执着”与“执迷”不分，本身就是迷途。这世界上有爱财的，有恋权的，有图名的，有什么都不为单是争强好胜的。人们常管这叫欲壑难填，叫执迷不悟，都是贬义。但爱财的也有比尔·盖茨，他既能聚财也能理财，更懂得财为何用，不好吗？恋权的嘛，也有毛遂自荐的敢于担当，也有种种“举贤不避亲”的言与行，不对吗？图名的呢？雷锋，雷锋及一切好人！他们不图名？愿意谁说他们没干好事，不是好人？不过是不图虚名、假名。争强好胜也未必就不对，阿姆斯特朗怎么样，那个身患癌症还六次夺得环法自行车赛冠军的人？对这些人，大家怎么说？会说他执迷？会请他放下吗？当然不，相反人们会赞美他们的执着——坚持不懈、百折不挠、矢志不渝，都是褒奖。

主张“一切都放下”，或“执着”与“执迷”分不清，是否正应了佛家的另一个关键词——“无明”呢？

“无明”就是糊涂。但糊涂分两种。一种叫顽固不化，朽木难雕，不可教也，“无明”应该是指这一种。另一种，比如少小无知，或“山重水复疑无路”，这不能算“无明”，这是“柳暗花明又一村”的前奏，是成长壮大的起点。而郑板桥的“难得糊涂”已然是大智慧了。

后一种糊涂，是错误吗？执着地想弄明白某些尚且糊涂着的事物，不应该吗？比如一件尚未理清的案件，一处尚未探明的矿藏，一项尚未完善的技术、对策或理论。这正是坚持不懈者施才展志的时候呀，怎倒要知难而退者来劝导他呢？严格说，我们的每一步其实都在不完善中，都在不甚明了中，甚至是巨大的迷茫之中，因而每时每刻都可能走对了，也都可能走错了。问题是人没有预知一切的能力，那么，是应该就此放下呢，还是要坚持下去？设想，对此，佛祖会取何态度？干脆“把一切都放下”吗？那就要问了：他干吗要站出来讲经传道？他看得那么深、那么透，干吗不统统放下？他曾经糊涂，曾经烦恼，但他放得下王子之位却放不下生命的意义，所以才有那锲而不舍的苦行，才有那菩提树下的冥思苦想。难道他就是为了让后人把一切都放下，没病没灾然后啥都无所谓？该想的佛都想了各位就甭想了，该受的佛都受了各位就甭再受了，该干的佛也都干了各位啥心也甭操了——有这事儿？恐怕，盼望这事儿的，倒是执迷不悟。

可是，哪能谁都有佛祖一样的智慧呢？我等凡人，弄不好一错再错，苦累终生，倒不如尘缘尽弃，早得自在吧。可是，怕错，就不是执着？怕苦，就不是执着？一身享用着别人执着的成果，却一心只图自在，不是执着？不是执着，是执迷！佛祖要是这般明哲保身，犯得上去那菩提树下饱经折磨吗？偷懒的人说一句“放下”多么轻松，又似多么明达，甚至还有一份额外的“光荣”——价值感，却不去想那菩提树下的所思所想，却不去辨别什么要放下、什么是不可以放下的，结果是弄一个价值虚无来骗自己，蒙大家。

老实说，我——此一姓史名铁生的有限之在，确是个贪心充沛的家伙，天底下的美名、美物、美事没有他没想（要）过的，虽然我并不认为这是他多病的原因。不过，此一史铁生确曾因病得福。二十一岁那年，命运让这家伙不得不把那些充沛的东西——绝不敢说都放下了，只敢说——暂时都放一放。特别要强调的是，这“暂时都放一放”，绝非觉悟使然，实在是不得已而为之。先哲有言：“愿意的，命运领着你走；不愿意的，命运拖着你走。”我就是那“不愿意”而被“拖着走”的。被拖着走了二十几年，一日忽有所悟：那二十一岁的遭遇以及其后的三十几年的被拖，未必不是神恩——此一铁生并未经受多少选择之苦，便被放在了“不得不放一放”的地位，真是何等幸运的事情！虽则此一铁生生性愚顽，放一放又拿起来，拿起来又不得不再放一放，至今也不能了断尘根，也还是得了一些恩宠的。我把这感想说给某位朋友，那朋友忒善良，只说我是谦虚。我谦虚？更有位智慧的朋友说我：他谦虚？他骨子里了不得！这“了不得”，估计也是“贪心充沛”的意思。前一位是爱我者，后一位是知我者。不过，从那时起，我有点儿被“领着走”的意思了。

如今已是年近花甲。也读了些书，也想了些事，由衷感到，尼采那一句“爱命运”真是对人生态度之最英明的指引。当然不是说仅仅爱好的命运，而是说对一切命运都要持爱的态度。爱，再一次表明与“喜欢”不同，谁能喜欢坏运气呢？但是你要爱它。就好比抓了一手坏牌，你骂它？恨它？耍着赖要重新发牌？当然你不喜欢它，但你要镇静，对它说“是”，而后看你如何能把这一手坏牌打得精彩。

大凡能人，都嫌弃宿命，反对宿命。可有谁是能力无限的人吗？那你就得承认局限。承认局限，大家都不反对，但那就是承认宿命啊。承认它，并不等于放弃你的自由意志。浪漫点儿说就是：对舞蹈说是，然后自由地跳。这逻辑可以引申到一切领域。

所以，既得有所“放下”，又得有所“执着”——放下占有的欲望，执着于行走的努力。放不下前者的，必至贪、嗔、痴。连后者也放下的，难免还是贪、嗔、痴。看一切都是无意义的人，怎么可能会爱命运？不爱命运，必是心中多怨。怨，涉及人即是嗔——他人不合我意；涉及物即是痴——世界不可我心，仔细想来都是一条贪根使然。

2007 年 11 月 27 日

幽默的叫卖声

//

夏丏尊

住在都市里，从早到晚，从晚到早，不知要听到多少种类多少次数的叫卖声。深巷的卖花声是曾经入过诗的，当然富于诗趣，可惜我们现在实际上已不大听到。寒夜的“茶叶蛋”“细沙粽子”“莲心粥”等等，声音发沙，十之七八似乎是“老枪”的喉咙，困在床上听去颇有些凄清。每种叫卖声，差不多都有着特殊的情调。

我在这许多叫卖者中，发现了两种幽默家。

一种是卖臭豆腐干的。每日下午五六点钟，弄堂口常有臭豆腐干担歇着或是走着叫卖，担子的一头是油锅，油锅里现炸着臭豆腐干，气味臭得难闻。卖的人大叫“臭豆腐干！臭豆腐干！”态度自若。

我以为这很有意思。“说真方，卖假药”，“挂羊头，卖狗肉”，是世间一般的毛病，以香相号召的东西，实际往往是臭的。卖臭豆腐干的居然不欺骗大众，自叫“臭豆腐干”，把“臭”作为口号标语，实际的货色真是臭的。言行一致，名副其实，如此不欺骗别人的事情，怕世间再也找不出来了吧！我想。

“臭豆腐干！”这呼声在欺诈横行的现世，俨然是一种愤世嫉俗的激越的讽刺！

还有一种是五云日升楼卖报者的叫卖声。那里的卖报的和别处不同，没有十多岁的孩子，都是些三四十岁的老枪瘪三，身子瘦得像腊鸭，深深的乱头发，青屑屑的烟脸，看去活像个鬼。早晨是看不见他们的，他们卖的总是夜报。傍晚坐电车打那儿经过，就会听到一片发沙的卖报声。

他们所卖的似乎都是两个铜板的东西，如《新夜报》《时报〈号外〉》之类。叫卖的方法很特别，他们不叫“刚刚出版 ××× 报”，却把价目和重要新闻标题连在一起，叫起来的时候，老是用“两个铜板”打头，下面接着“要看到”三个字，再下去是当日的重要的国家大事的题目，再下去是一个“哪”字。“两个铜板要看到十九路军反抗中央哪！”在福建事变起来的时候，他们就这样叫。“两个铜板要看到日本副领事在南京失踪哪！”藏本事件开始的时候，他们就这样叫。

在他们的叫卖声里任何国家大事都只要花两个铜板就可以看到，似乎任何国家大事都只值两个铜板的样子。我每次听到，总深深地感到冷酷的滑稽情味。

“臭豆腐干！”“两个铜板要看到 ×××× 哪！”这两种叫卖者颇有幽默家的风格。前者似乎富于热情，像个矫世的君子；后者似乎鄙夷一切，像个玩世的隐士。

1935 年 3 月

钢铁假山

//

夏丏尊

案头有一座钢铁的假山，得之不费一钱，可是在我室内的器物里面，要算是最有重要意味的东西。

它的成为假山，原由于我的利用，本身只是一块粗糙的钢铁片，非但不是什么“吉金乐石”，说出来一定会叫人发指，是“一·二八[1]”之役日人所掷的炸弹的裂块。

这已是三年前的事了。日军才退出，我到江湾立达学园去视察被害的实况，在满目凄怆的环境中徘徊了几小时，归途拾得这片钢铁回来。这种钢铁片，据说就是炸弹的裂块，有大有小，那时在立达学园附近触目皆是。我所拾的只是小小的一块，阔约六寸，高约三寸，厚约二寸，重约一斤。一面还大体保存着圆筒式的弧形，从弧线的圆度推测，原来的直径应有一尺光景，不知是多少磅重的炸弹了。另一面是破裂面，巉

---

① “一·二八”事变，又称“一·二八”淞沪抗战。这是继“九一八”事变之后，日本为了转移国际视线并侵占中国东部沿海富庶地区，于1932年1月28日蓄意发动的侵略战争。

削凹凸，有些部分像峭壁，有些部分像危岩，锋棱锐利得同刀口一样。

江湾一带曾因战事炸毁过许多房子，炸杀过许多人。仅就立达学园一处说，校舍被毁的过半数。那次我去时，瓦砾场上还见到未被收殓的死尸。这小小的一块炸弹裂片，当然参与过残暴的工作，和刽子手所用的刀一样，有着血腥气的。论到证据的性质，这确是“铁证”了。

我把这铁证放在案头上作种种的联想，因为锋棱又锐利摆不平稳，每一转动，桌上就起磨损的痕迹。最初就想配了架子当作假山来摆。继而觉得把惨痛的历史的证物变装为骨董性的东西，是不应该的。古代传下来的古董品中，有许多原是历史的遗迹，可是一经穿上了古董的衣服就减少了历史的刺激性，只当作古董品被人玩耍了。

这块粗糙的钢铁不久就被我从案头收起，藏在别处，忆起时才取出来看。新近搬家整理物件时被家人弃置在杂屑篓里，找寻了许久才发现。为永久保藏起见，颇费过些思量。摆在案头吧，不平稳，而且要擦伤桌面。藏在衣箱里吧，防铁锈沾惹坏衣服，并且拿取也不便。想来想去，还是去配了架子当作假山来摆在案头好。于是就托人到城隍庙一带红木铺去配架子。

现在，这块钢铁片已安放在小小的红木架上，当作假山摆在我的案头了。时间经过三年之久，全体盖满了黄褐色的铁锈，凹入处锈得更浓。碎裂的整块的，像沈石田的峭壁，细杂的一部分像黄子久的皴法，峰冈起伏的轮廓有些像倪云林。客人初见到这座假山，都称赞它有画意，问我从什么地方获得。家里的人对它也重视起来，不会再投入杂屑篓里去了。

这块钢铁片现在总算已得到了一个处置和保存的方法了，可是同时却不幸地着上了一件古董的衣裳。为减少古董性显出历史性起见，我想写些文字上去，使它在人的眼中不仅是富有画意的假山。

写些什么文字呢？诗歌或铭吗？我不愿在这严重的史迹上弄轻薄的文字游戏，宁愿老老实实地写几句记实的话。用什么来写呢？墨色在铁上是显不出的，照理该用血来写，必不得已，就用血色的朱漆吧。今天已是二十四年的一月十日了，再过十八日，就是今年的“一・二八”。我打算在“一・二八”那天来写。

1935 年 1 月 10 日

相片

老舍

在今日的文化里，相片的重要几乎胜过了音乐、图画与雕刻等等。在一个摩登的家庭里，没有留声机，没有名人字画，没有石的或铜的刻像，似乎还可以下得去；设若没几张相片，或一二相片本子；简直没法活下去！不用说是一个家庭，就是铺户、旅馆、火车站、学生宿舍，没有相片就都不像一回事。电车上“谨防扒手”的下面要是没有几片四寸的半身照相，就一定显着空洞。水手们身上要是不带着几张最写实不过的妖精打架二寸艺术照相，恐怕海上的生活就要加倍难堪了。想想看，一个设备很完全的学校，而没有年刊或同学录，一个政府机关里而没有些张窄长的这个全体与那个周年的相片！至于报纸与杂志，哼，就是把高尔基的相误注为托尔斯泰的，也比空空如也强！投考、领护照、订婚、结婚、拜盟兄弟，哪一样可以没有相片？即使你天生来的反对照相，你也得去照；不然，你就连学校也不要入，连太太也不用娶，你趁早儿不用犯这个牛脖子——“请笑一点”，你笑就是了。儿童、妇女、国货、航空，都有“年”。年，究竟是年，今年甲子，明年乙丑，过去就完事；至于照相，这个世纪整个的是“照相世纪”；想想，你逃得出去吗？

还是先说家庭吧。比如你的屋中挂着名家的字画，还有些古玩，雅是雅了，可是第一你就得防贼，门上加双锁，窗上加铁栅，连这样，夜间有个风声草动，你还得咳嗽几声；设若是明火，进来十几位蒙面的好汉，大概你连咳嗽也不敢了。这何苦呢？相片就没这种危险，谁也不会把你父亲的相偷去当他的爸爸，这不是实话么？

就满打没这个危险，艺术作品或古玩也远不及相片的亲切与雅俗共赏。一张名画，在普通的人眼中还不如理发馆壁上所悬的“五福临门”，而你的朋友亲戚不见得没有普通人。你夸奖你的名画，他说看不上眼，岂不就得打吵子？相片人人能看得懂，而且就是照得不见佳也会有人夸好。比如令尊的相片加了漆金框悬在墙上，多么笨的人也不会当着你的面儿说：“令尊这个相还不如五福临门好看！”绝对不会。即使那个相真不好看，人家也得说：“老爷子福相，福相！”至不济，也会夸奖句：“框子配得真好！”

以此类推，尊家自己，尊夫人，令郎令嫒，都有相片，都能得到好评，这够多么快活呢？！况且相片遮丑，尊家面上的麻子，与尊夫人脸上的小沙漠似的雀斑，都不至于照上；你自己看着起劲，朋友们也不必会问：“照片上怎么忘掉你的麻子？”站在一张图画前面，不管懂与否，谁都想批评批评，为表示自己高明，当着一个人，谁也不愿对他的面貌发表意见；看相片也是如此。

有相片就有话说，不至于宾主对愣着。

“这是大少爷吧？”

“可不是！上美国读书去了。”

“近来有信吧？”

打这儿，就由大少爷谈到美国，又由美国谈回来，碰巧了就二反投唐再谈回美国去，话是越说越多，而且可以指点着相片而谈，有诗为证：句句是真，交情乃厚。

最好是有一二相片本子。提到大少爷，马上拿出本子来：

“这是他满月时候照的，他生在福州，那时先严正在福州做官。”话又远去了，足够写三四本书的。假若没有这可宝贵的本子，你怎好意思突乎其来地说：先严在福州做过官？而使朋友吓一跳，当是你的脑子有毛病。

遇上两位话不投缘，而屡有冲突起来的危险的客人，相片本子——顶好是有两本——真是无价之宝。一看两位的眼神不对，你应当很自然的一人递给一本。他们正在，比如说，为袁世凯是否伟人而要瞪眼的时候，你把大少爷生在福州，和二小姐已经订婚的照片翻开，指示给他们。他们一个看福州生的胖小子，一个看将要成为新娘子的二小姐，自然思想换了地方，一个问你一套话，而袁世凯或者不成为问题了。要不然，这个有很大的危险。假若你没有相片本子，而二位抓住袁世凯不撒手，你要往折中里一说，说二位各有各的理，他们一定都冲着你来了；寡不敌众，你没调停好，还弄一鼻子灰。你要是向着一边说话，不用说，那就非得罪一边不可，也许因此而飞起茶碗——在你家里，茶碗自然是你的。你要是一声不出，听着他们吵，赶到彼此已说无可说而又不想打架的时候，他们就会都抱怨你不像个朋友。你若是不分青红皂白而把客人一齐逐出去，那就更糟，他们也许在你的门口吵嚷一阵，而同声的骂你不懂交情。总之，你非预备两个本子不可！

赶到朋友多的时候，你只有一张嘴，无论如何也应酬不过来，相片本子可以替你招待客人。找那不爱说话的，和那顶爱说话的，把本子送过去；那位一声不出的可以不致死板板地坐在那里，那位包办说话的也不好再转着弯儿接四面八方的话。把这两极端安置好，你便可以从容对付那些中庸的客人了。这比茶点果子都更有效。爱说话的人，宁可牺牲了点心，也不放弃说话。至于茶，就更不挡事；爱说话的人会一劲儿的说，直等茶凉了，一口灌下去，赶紧接着再说。果子也不行，有人不喜欢吃凉的，让到了他，他还许摆出些谱儿来："一向不大动凉的，不过偶尔的吃一个半个的，假如有玫瑰香葡萄之类！"你听，他是挖苦你没预备好果子。相片本子既比茶点省钱，又不至被人拒绝，大概谁也不会说，"一向讨厌看相片！"

相片里有许多人生的姿体，打开一本照相，你可以有许多带着感情的话。假若你现在的事由不如从前了，看看相片，你可以对友人说："这是前十年的了，那时候还不像这么狼狈！"这种牢骚是哀而不伤的，因为现在狼狈，并不能抹杀过去的光荣，回忆永是甜美的，对于兄弟儿女，都能起这种柔善的感情："看，这是当年的老六，多么体面，谁能想到他会……"你虽然依旧恨着老六，可是看着当年的照片，你到底想要原谅他。看着相片说些富有感情的话，你自己痛快，别人听着也够味儿。设若你会作诗的话，顶好在相片边题上些小诗，就更见出人生的味道。

不过，有些相片是不好摆进本子去的，你应当留神。歪戴帽或弄鬼脸的，甚至于扮成十三妹的相片，都可以贴上，因为这足以表示你颇天真，虽然你在平日是个完全的君子人，可是心田活泼泼的，也能像孩子般的淘气，这更见英雄的本色。至于背着尊夫人所接到的女友小照，似乎就不必公开的展览。爽直是可贵的，可是也得有个分寸。这个，你自然晓得；不过，我更嘱咐你一句：这类的相片就是藏起来也得要十分的严密，太太们对这种玩意儿是特别注意的。

1936 年 9 月

风

//

巴金

二十几年前，我羡慕“列子御风而行①”，我极愿腋下生出双翼，像一只鸷鸟自由地在天空飞翔。

现在我有时仍做着飞翔的梦，没有翅膀，我用两手鼓风。然而睁开眼睛，我还是郁闷地躺在床上，两只手十分疲倦，仿佛被绳子缚住似的。于是，我发出一二声绝望的叹息。

做孩子的时候，我和几个同伴都喜欢在大风中游戏。风吹起我们的衣襟，风吹动我们的衣袖。我们张着双手，顺着风势奔跑，仿佛身子轻了许多，就像给风吹在空中一般。当时自己觉得是在飞了。因此从小时候起我就喜欢风。

后来进学校读书，我和一个哥哥早晚要走相当远的路。雨天遇着风，我们就用伞跟风斗争。风要拿走我们的伞，我们不放松；风要留住我们

---

① 列子御风而行：出自《庄子·逍遥游》篇：“夫列子御风而行，泠然善也，旬有五日而后反。”

的脚步，我们却往前走。跟风斗争，是一件颇为吃力的事。但是我们从这个也得到了乐趣，而且不用说，我们的斗争是得到胜利的。

这也是很久以前的事了。不过现在回想起来还是值得怀念的。

可惜我不曾见过飓风。去年坐海船，为避飓风，船在福州湾停了一天半。天气闷热，海面平静，连风的影子也没有。船上的旗纹丝不动，后来听说飓风改道走了。

在海上，有风的时候，波浪不停地起伏，高起来像一座山，而且开满了白花。落下去又像一张大嘴，要吞食眼前的一切。轮船就在这一起一伏之间慢慢地前进。船身摇晃，上层的桅杆、绳梯之类，私语似的吱吱喳喳响个不停。这情景我是经历过的。

但是我没有见过轮船被风吹在海面漂浮，失却航路，船上一部分东西随着风沉入海底。我不曾有过这样的经验。

今年我过了好些炎热的日子。有人说是奇热，有人说是闷热，总之是热。没有一点风声，没有一丝雨意。人发喘，狗吐舌头，连蝉声也像哑了似的，我窒息得快要闭气了。在这些时候我只有一个愿望：起一阵大风，或者下一阵大雨。

1941 年 7 月

胡同

//

朱湘

我曾经向子惠说过，词不仅本身有高度的美，就是它的牌名，都精巧之至。即如《渡江云》《荷叶杯》《摸鱼儿》《真珠帘》《眼儿媚》《好事近》这些词牌名，一个就是一首好词。我常时翻开词集，并不读它，只是拿着这些词牌名慢慢的咀嚼。那时我所得的乐趣，真不下似读绝句或是嚼橄榄。京中胡同的名称，与词牌名一样，也常时在寥寥的两三字里面，充满了色彩与暗示，好像龙头井、骑河楼等等名字，它们的美是毫不差似《夜行船》《恋绣衾》等等词牌名的。

胡同是衚衕的省写。据文字学者说，是与上海的弄一同源自巷字。元人李好古作的《张生煮海》一曲之内，曾经提到羊市角头砖塔儿衚衕，这两个字入文，恐怕要算此曲最早了。各胡同中，最为国人所知的，要算八大胡同；这与唐代长安的北里，清末上海的四马路的出名，是一个道理。

京中的胡同有一点最引人注意，这便是名称的重复：口袋胡同、苏州胡同、梯子胡同、马神庙、弓弦胡同，到处都是，与王麻子、乐家老铺之多一样，令初来京中的人，极其感到不便，然而等我们知道了口袋胡同是此路不通的死胡同，与“闷葫芦瓜儿”“蒙福禄馆”是一件东西。苏州胡同是京人替住有南方人不管他们的籍贯是杭州或是无锡的街巷取的名字。弓弦胡同是与弓背胡同相对而定的象形的名称。以后我们便会觉得这些名字是多么有色彩，是多么胜似纽约的那些单调的什么 Fifth Avenue[①]，Fourteenth Street[②]，以及上海的侮辱我国的按通商五口取名的什么南京路、九江路。那时候就是被全国中最稳最快的京中人力车夫说一句：“先儿，你多给两子儿”，也是得偿所失的。尤其是苏州胡同一名，它的暗示力极大。因为在当初，交通不便的时候，南方人很少来京，除去举子；并且很少住京，除去京官。南边话同京白又相差的那般远，也难怪那些生于斯、卒于斯、眼里只有北京、耳里只有北京的居民，将他们聚居的胡同，定名为苏州胡同了。（苏州的土白，是南边话中最特彩的；女子是全国中最柔媚的。）梯子胡同之多，可以看出当初有许多房屋是因山而筑，那街道看去有如梯子似的。京中有很多的马神庙，也可令我们深思，何以龙王庙不多，偏多马神庙呢？何以北京有这么多马神庙，南京却一个也不见呢？南人乘舟，北人乘马，我们记得北京是元代的都城，那铁蹄直踏进中欧的鞑靼，正是修建这些庙宇的人呢！燕昭王为骏骨筑黄金台，那可以说是京中的第一座马神庙了。

京中的胡同有许多以井得名。如上文提及的龙头井以及甜水井、苦

① Fifth Avenue：第五大道，在纽约曼哈顿区。
② Fourteenth Street：第十四大街，在纽约曼哈顿区。

水井、二眼井、三眼井、四眼井、井儿胡同、南井胡同、北井胡同、高井胡同、王府井等等，这是因为北方水分稀少，煮饭、烹茶、洗衣、沐面，水的用途又极大，所以当时的人，用了很笨缓的方法，凿出了一口井之后，他们的快乐是不可言状的，于是以井名街，纪念成功。

胡同的名称，不特暗示出京人的生活与想象，还有取灯胡同、妞妞房等类的胡同。不懂京话的人，是不知何所取意的。并且指点出京城的沿革与区分：羊市、猪市、骡马市、驴市、礼士胡同、菜市、缸瓦市，这些街名之内，除去猪市尚存旧意之外，其余的都已改头换面，只能让后来者凭了一些虚名来悬拟当初这几处地方的情形了。户部街、太仆寺街、兵马司、缎司、銮舆卫、织机卫、细砖厂、箭厂，谁看到了这些名字，能不联想起那辉煌的过去，而感觉一种超现实的兴趣？

黄龙瓦、朱垩墙的皇城，如今已将拆毁尽了。将来的人，只好凭了皇城根这一类的街名，来揣想那内城之内、禁城之外的一圈皇城的位置罢？那丹青照耀的两座单牌楼呢？那形影深嵌在我童年想象中的壮伟的牌楼呢？它们那里去了？看看那驼背龟皮的四牌楼，它们手拄着拐杖，身躯不支的，不久也要追随早夭的兄弟于地下了！

破坏的风沙，卷过这全个古都，甚至不与人争、韬声匿影如街名的物件，都不能免于此厄。那富于暗示力的劈柴胡同，被改作辟才胡同了；那有传说作背景的烂面胡同，被改作缅缦胡同了；那地方色彩浓厚的蝎子庙，被改作协资庙了。没有一个不是由新奇降为平庸，由优美流为劣下。狗尾巴胡同改作高义伯胡同，鬼门关改作贵人关，勾阑胡同改作钩帘胡同，大脚胡同改作达教胡同：这些说不定都是巷内居者要改的，然而他们也未免太不达教了。阮大铖住南京的袴裆巷，伦敦的Botten Row[①]为贵族所居之街，都不曾听说他们要改街名，难道能达观的只有古人与西人吗？内丰的人，外啬一点，并无轻重。司马相如是一代的文人，他的小名却叫犬子。《子不语》书中说，当时有狗氏兄弟中举。庄子自己愿意为龟。颐和园中慈禧后居住的乐寿堂前立有龟石。古人的达观，真是值得深思的。

1941年7月

① Botten Row：包滕街，意译为马蝇幼虫街。

雪

//

鲁彦

美丽的雪花飞舞起来了。我已经有三年不曾见着它。

去年在福建，仿佛比现在更迟一点，也曾见过雪。但那是远处山顶的积雪，可不是飞舞着的雪花。在平原上，它只是偶然的随着雨点洒下来几颗。没有落到地面的时候，它的颜色是灰的，不是白色；它的重量像是雨点，并不会飞舞。一到地面，它立刻融成了水，没有痕迹，也未尝跳跃，也未尝发出窸窣的声音，像江浙一带下雪子时的模样。这样的雪，在四十年来第一次看见它的老年的福建人，诚然能感到特别的意味，谈得津津有味，但在我，却总觉得索然。"福建下过雪"，我可没有这样想过。

我喜欢眼前飞舞着的上海的雪花。它才是"雪白"的白色，也才是花一样的美丽。它好像比空气还轻，并不从半空里落下来，而是被空气从地面卷起来的。然而它又像是活的生物，像夏天黄昏时候的成群的蚊蚋，像春天流蜜时期的蜜蜂，它的忙碌的飞翔，或上或下，或快或慢，或粘着人身，或拥入窗隙，仿佛自有它自己的意志和目的。它静默无声。但在它飞舞的时候，我们似乎听见了千百万人马的呼号和脚步声，大海的汹涌的波涛声，森林的狂吼声，有时又似乎听见了情人窃窃的密语声，礼拜堂的平静的晚祷声，花园里的欢乐的鸟歌声……它所带来的是阴沉与严寒。但在它的飞舞的姿态中，我们看见了慈善的母亲，柔和的情人，活泼的孩子，微笑的花，温暖的太阳，静默的晚霞……它没有气息。但当它扑到我们面上的时候，我们似乎闻到了旷野间鲜洁的空气的气息，山谷中幽雅的兰花的气息，花园里浓郁的玫瑰的气息，清淡的茉莉花的气息……在白天，它做出千百种婀娜的姿态；夜间，它发出银色的光辉，照耀着我们行路的人，又在我们的玻璃窗上札札地绘就了各式各样的花卉和树木，斜的，直的，弯的，倒的。还有那河流，那天上的云……

现在，美丽的雪花飞舞了。我喜欢，我已经有三年不曾见着它。我的喜欢有如四十年来第一次看见它的老年的福建人。但是，和老年的福建人一样，我回想着过去下雪时候的生活，现在的喜悦就像这钻进窗隙落到我桌上的雪花似的，渐渐融化，而且立刻消失了。

记得某年在北京，一个朋友的寓所里，围着火炉，煮着全中国最好的白菜和面，喝着酒，剥着花生，谈笑得几乎忘记了身在异乡；吃得满面通红，两个人一路唱着，一路踏着吱吱地叫着的雪，踉跄地从东长安街的起头踱到西长安街的尽头，又忘记了正是异乡最寒冷的时候。这样的生活，和今天的一比，不禁使我感到惘然。上海的朋友们都像是工厂里的机器，忙碌得一刻没有休息；而在下雪的今天，他们又叫我一个人看守着永不会有人或电话来访问的房子。这是多么孤单、寂寞、乏味的生活。

“没有意思！”我听见过去的我对今天的我这样说了。正像我在福建的时候，对四十年来第一次看见雪的老年的福建人所说的一样。

但是，另一个我出现了。他是足以对看过去的北京的我射出骄傲的眼光来的我。这个我，某年在南京下雪的时候，曾经有过更快活的生活：雪落得很厚，盖住了一切的田野和道路。我和我的爱人在一片荒野中走着。我们辨别不出路径来，也并没有终止的目的。我们只让我们的脚欢喜怎样就怎样。我们的脚常常欢喜踏在最深的沟里。我们未尝感到这是旷野，这是下雪的时节。我们仿佛是在花园里，路是平坦的，而且是柔软的。我们未尝觉得一点寒冷，因为我们的心是热的。

“没有意思！”我听见在南京的我对在北京的我这样说了。正像在北京的我对着今天的我所说的一样，也正像在福建的我对着四十年来第一次看见雪的老年的福建人所说的一样。

然而，我还有一个更可骄傲的我在呢。这个我，是有过更快乐的生活的，在故乡：冬天的早晨，当我从被窝里伸出头来，感觉到特别的寒冷，隔着蚊帐望见天窗特别的阴暗，我就首先知道外面下了雪了。“雪落啦白洋洋，老虎拖娘娘……”这是我躺在被窝里反复地唱着的欢迎雪的歌。别的早晨，照例是母亲和姊姊先起床，等她们煮熟了饭，拿了火炉来，代我烘暖了衣裤鞋袜，才肯钻出被窝，但是在下雪天，我就有了最大的勇气。我不需要火炉，雪就是我的火炉。我把它捻成了团，捧着，丢着。我把它堆成了一个和尚，在它的口里，插上一支香烟。我把它当做糖，放在口里。地上厚的积雪，是我的地毡，我在它上面打着滚，翻着筋斗。它在我的底下发出嗤嗤的笑声，我在它上面哈哈的回答着。我的心是和它合一的。我和它一样的柔和，和它一样的洁白。我同它到处跳跃，我同它到处飞跑着。我站在屋外，我愿意它把我造成一个雪和尚，我躺在地上愿意它像母亲似的在我身上盖下柔软的美丽的被窝。我愿意随着它在空中飞舞。我愿意随着它落在人的肩上。我愿意雪就是我，我就是雪。我年轻。我有勇气。我有最宝贵的生命的力。我不知道忧虑，不知道苦恼和悲哀……

"没有意思！你这老年人！"我听见幼年的我对着过去的那些我这样说了。正如过去的那些我骄傲地对别个所说的一样。

不错，一切的雪天的生活和幼年的雪天的生活一比，过去的和现在的喜悦是像这钻进窗隙落到我桌上的雪花一样，渐渐融化，而且立刻消失了。

然而对着这时穿着一袭破单衣，站在屋角里发抖或竟至于僵死在雪地上的穷人，则我的幼年时候快乐的雪天生活的意义，又如何呢？这个他对着这个我，不也在说着"没有意思"的话吗？

而这个死有完肤的他，对着这时正在零度以下的长城下，捧着冻结了的机关枪，即将被炮弹打成雪片似的兵士，则其意义又将怎样呢？"没有意思！"这句话，该是谁说呢？

天呵，我不能再想了。人间的欢乐无平衡，人间的苦恼亦无边限。世界无终极之点，人类亦无末日之时。我既生为今日的我，为什么要追求或留念今日的我以外的我呢？今日的我虽说是寂寞地孤单地看守着永没有人或电话来访问的房子，但既可以安逸地躲在房子里烤着火，避免风雪的寒冷；又可以隔着玻璃，诗人一般的静默地鉴赏着雪花飞舞的美的世界，不也是足以自满的吗？

抓住现实。只有现实是最宝贵的。

眼前雪花飞舞着的世界，就是最现实的现实。

看呵！美丽的雪花在飞舞着呢。这就是我三年来相思着而不能见到的雪花。

厂甸

//

周作人

琉璃厂是我们很熟的一条街。那里有好些书店、纸店，卖印章、墨盒子的店，而且中间东首有信远斋，专卖蜜饯糖食，那有名的酸梅汤十多年来还未喝过，但是杏脯蜜枣有时却买点来吃，到底不错。不过这路也实在远，至少有十里罢，因此我也不常到琉璃厂去，虽说是很熟，也只是一个月一回或三个月两回而已。然而，厂甸又当别论。厂甸云者，阴历元旦至上元十五日间，琉璃厂附近一带的市集，游人众多，如南京的夫子庙，吾乡的大善寺也。南新华街自和平门至琉璃厂中间一段，东西路旁皆书摊；西边土地祠中亦书摊，而较整齐；东边为海王村公园，杂售儿童食物玩具，最特殊者有长四五尺之糖葫芦及数十成群之风车，凡玩厂甸归之妇孺几乎人手一串。自琉璃厂中间往南一段则古玩摊咸在焉，厂东门内有火神庙，为高级古玩摊、书摊所荟萃，至于琉璃厂则自东至西一如平日，只是各店关门休息五天罢了。厂甸的情形真是五光十色，游人中各色人等都有，摆摊的也种种不同，适应他们的需要，儿歌中说得好：

> 新年来到，糖瓜祭灶。
> 姑娘要花，小子要炮。
> 老头子要戴新呢帽，
> 老婆子要吃大花糕。

至于我呢，我自己只想去看看几册破书，所以行踪总只在南新华街的北半截，迤南一带就不去看，若是火神庙那简直是十里洋场，自然更不敢去问津了。

说到厂甸，当然要想起旧历新年来。旧历新年之为世诟病也久矣，维新志士大有灭此朝食之慨，鄙见以为可不必也。问这有多少害处？大抵答语是废时失业，花钱。其实，最享乐旧历新年的农工商，他们在中国是最勤勉的人，平日不像官吏、教员、学生有七日一休沐，真是所谓终岁作苦，这时候闲散几天也不为过；还有那些小贩，趁这热闹要大做一批生意，那么正是他们工作最力之时了。过年的消费据人家统计也有多少万，其中除神马炮仗等在我看了也觉得有点无谓外，大都是吃的、穿的、看的、玩的东西，一方面需要者愿意花这些钱去换快乐，一方面供给者出卖货物得点利润，交易而退各得其所，不见得有什么地方不对。假如说这钱花得冤了，那么一年里人要吃一千多顿饭，算是每顿一毛共计大洋百元，结果只做了几大缸粪，岂不也是冤枉透了么？

饭是活命的，所以大家以为应该吃，但是生命之外还该有点生趣，这才觉得生活有意义。小姑娘穿了布衫，还要朵花戴戴；老婆子吃了中饭，还想买块大花糕，就是为此。旧新年除与正朔不合外，别无什么害处，为保存万民一点生趣起见，还是应当存留。不妨如从前那样称为春节，民间一切自由，公署与学校都该放假三天以至七天。——话说得太远了，还是回过头来谈厂甸买书的事情罢。

厂甸的路还是有那么远，但是在半个月中，我去了四次。这与玄同、半农诸公比较，不免是小巫之尤，不过在我总是一年里的最高纪录了。二月十四日是旧元旦，下午去看一次，十八、十九、廿五这三天又去，所走过的只是所谓书摊的东路、西路，再加上土地祠，大约每走一转要花费三小时以上。所得的结果并不很好，原因是近年较大的书店都矜重起来，不来摆摊，摊上书少而价高，像我这样“爬螺蛳船”的渔人，无可下网。然而也获得几册小书，觉得聊堪自慰。

其一是《戴氏注论语》二十卷，合订一册。大约是戴子高送给谭仲修的罢，上边有“复堂所藏”及“谭献”这两方印。这书摆在东路南头的一个摊上，我问一位小伙计要多少钱，他一查书后粘着的纸片上所写“美元”字样，答说五元。我嫌贵，他说他也觉得有点贵，但是定价要五元。我给了两元半，他让到四元半，当时就走散了。后来把这件事告诉玄同，请他去巡阅的时候留心一问，承他买来就送我，书末写了一段题跋云：

“民国廿三年二月廿日，启明游旧都厂甸肆，于东莞伦氏之通学斋书摊，见此谭仲修丈所藏之戴子高先生《论语注》，悦之，以告玄同。翌日廿一，玄同往游，遂购而奉赠启明。”

跋中，廿日实是十九，盖廿日系我写信给玄同之日耳。

其二是《白华绛柎阁集》十卷，二册一函。此书我以前有，今偶然看见，问其价亦不贵，遂以一元得之。《越缦堂诗话》的编者虽然曾说："清季诗家以吾越李莼客先生为冠，《白华绛柎阁集》近百年来无与辈者。"我于旧诗是门外汉，对于作者自己"夸诩殆绝"的七古更不知道其好处，今买此集亦只是乡曲之见。诗中多言及故乡景物，殊有意思，如卷二《夏日行柯山里村》一首云：

溪桥才度庳蓬船，村落阴阴不见天。
两岸屏山浓绿底，家家凉阁听鸣蝉。

很能写出山乡水村的风景，但是，不到过的也看不出好来罢。

其三是两册丛书零种，都是关于陆氏《草木鸟兽虫鱼疏》的，即焦循的《诗陆氏疏疏》，南菁丛刻本，与赵佑的《毛诗陆疏校正》，聚学轩本。我向来很喜欢陆氏的《虫鱼疏》，只是难得好本子，所有的就是毛晋的《陆疏广要》和罗振玉的新校正本，而罗本又是不大好看的仿宋排印的，很觉得美中不足。

赵本据《郘亭书目》说它好，焦本列举引用书名，其次序又依《诗经》重排，也有他的特长，不过，收在大部丛书中，无从抽取，这回都得到了，正是极不易遇的偶然。翻阅一过，至"流离之子"一条，赵氏按语中云：

窃以鸮枭自是一物，今俗所谓猫头鹰……哺其子既长，母老不能取食以应子求，则挂身树上，子争啖之飞去，其头悬着枝，故字从木上鸟，而枭首之象取之。

猫头鹰之被诬千余年矣，近代学者也还承旧说，上文更是疏状详明有若目击，未免可笑。学者笺经非不勤苦，而于格物欠下功夫，往往以耳为目。赵书成于乾隆末，距今百五十年矣，或者亦不足怪，但不知现在何如，相信枭不食母与乌不反哺者现在可有多少人也。

1926 年 6 月 20 日

谈酒

//

周作人

这个年头儿，喝酒倒是很有意思的。我虽是京兆人，却生长在东南的海边，是出产酒的有名地方。我的舅父和姑父家里时常做几缸自用的酒，但我终于不知道酒是怎么做法，只觉得所用的大约是糯米，因为儿歌里说，“老酒糯米做，吃得变 nio-nio”——末一字是本地叫猪的俗语。做酒的方法与器具似乎都很简单，只有煮的时候的手法极不容易，非有经验的工人不办，平常做酒的人家大抵聘请一个人来，俗称“酒头工”，以自己不能喝酒者为最上，叫他专管鉴定煮酒的时节。有一个远房亲戚，我们叫他“七斤公公”，——他是我舅父的族叔，但是在他家里做短工，所以舅母只叫他作“七斤老”，有时也听见她叫“老七斤”，是这样的酒头工，每年去帮人家做酒；他喜吸旱烟，说玩话，打麻将，但是不大喝酒（海边的人喝一两碗是不算能喝，照市价计算也不值十文钱的酒），所以生意很好，时常跑一二百里路被招到诸暨嵊县去。据他说这实在并不难，只须走到缸边屈着身听，听见里边起泡的声音切切察察的，好像是螃蟹吐沫（儿童称为蟹煮饭）的样子，便拿来煮就得了；早一点酒还未成，迟一点就变酸了。但是怎么是恰好的时期，别人仍不能知道，只有听熟的耳朵才能够断定，正如古董家的眼睛辨别古物一样。

大人家饮酒多用酒盅，以表示其斯文，实在是不对的。正当的喝法是用一种酒碗，浅而大，底有高足，可以说是古已有之的香槟杯。平常起码总是两碗，合一“串筒”，价值似是六文一碗。串筒略如倒写的凸字，上下部如一与三之比，以洋铁为之，无盖无嘴，可倒而不可筛，据好酒家说酒以倒为正宗，筛出来的不大好吃。唯酒保好于量酒之前先“荡”（置水于器内，摇荡而洗涤之谓）串筒，荡后往往将清水之一部分留在筒内，客嫌酒淡，常起争执，故喝酒老手必先戒堂倌以勿荡串筒，并监视其量好放在温酒架上。能饮者多索竹叶青，通称曰“本色”，“元红”系状元红之略，则着色者，唯外行人喜饮之。在外省有所谓花雕者，唯本地酒店中却没有这样东西。相传昔时人家生女，则酿酒贮花雕（一种有花纹的酒坛）中，至女儿出嫁时用以饷客，但此风今已不存，嫁女时偶用花雕，也只临时买元红充数，饮者不以为珍品。有些喝酒的人预备家酿，却有极好的，每年做醇酒若干坛，按次第埋园中，二十年后掘取，即每岁皆得饮二十年陈的老酒了。此种陈酒例不发售，故无处可买，我只有一回在旧日业师家里喝过这样好酒，至今还不曾忘记。

我既是酒乡的一个土著，又这样的喜欢谈酒，好像一定是个与“三酉”结不解缘的酒徒了。其实却大不然。我的父亲是很能喝酒的，我不知道他可以喝多少，只记得他每晚用花生米水果等下酒，且喝且谈天，至少要花费两点钟，恐怕所喝的酒一定很不少了。但我却是不肖，不，或者可以说有志未逮，因为我很喜欢喝酒而不会喝，所以每逢酒宴我总是第一个醉与脸红的。自从辛酉患病后，医生叫我喝酒以代药饵，定量是勃阑地每回二十格阑姆，蒲桃酒与老酒等倍之，六年以后酒量一点没有进步，到现在只要喝下一百格阑姆的花雕，便立刻变成关夫子了。有些有不醉之量的，愈饮愈是脸白的朋友，我觉得非常可以欣羡，只可惜他们愈能喝酒便愈不肯喝酒，好像是美人之不肯显示她的颜色，这实在是太不应该了。

黄酒比较的便宜一点，所以觉得时常可以买喝，其实别的酒也未尝不好。白干于我未免过凶一点，我喝了常怕口腔内要起泡，山西的汾酒与北京的莲花白虽然可喝少许，也总觉得不很和善。日本的清酒我颇喜欢，只是仿佛新酒模样，味道不很静定。蒲桃酒与橙皮酒都很可口，但我以为最好的还是勃阑地。我觉得西洋人不很能够了解茶的趣味，至于酒则很有功夫，决不下于中国。天天喝洋酒当然是一个大的漏危，正如吸烟卷一般，但不必一定进国货党，咬定牙根要抽净丝，随便喝一点什么酒其实都是无所不可的，至少是我个人这样地想。

喝酒的趣味在什么地方？这个我恐怕有点说不明白。有人说，酒的乐趣是在醉后的陶然的境界。但我不很了解这个境界是怎样的，因为我自饮酒以来似乎不大陶然过，不知怎的我的醉大抵都只是生理的，而不是精神的陶醉。所以照我说来，酒的趣味只是在饮的时候，我想悦乐大抵在做的这一刹那，倘若说是陶然，那也当是杯在口的一刻罢。醉了，困倦了，或者应当休息一会儿，也是很安舒的，却未必能说酒的真趣是在此间。昏迷，梦魇，呓语，或是忘却现世忧患之一法门；其实这也是有限的，倒还不如把宇宙性命都投在一口美酒里的耽溺之力还要强大。我喝着酒，一面也怀着“杞天之虑”，生恐强硬的礼教反动之后将引起颓废的风气，结果是借醇酒妇人以避礼教的迫害，沙宁 (Sa-nin) 时代的出现不是不可能的。但是，或者在中国什么运动都未必彻底成功，青年的反拨力也未必怎么强盛，那么杞天终于只是杞天，仍旧能够让我们喝一口非耽溺的酒也未可知。倘若如此，那时喝酒又一定另外觉得很有意思了罢？

1926 年 6 月 20 日

臭豆腐

//

周作人

近日百物昂贵，手捏三四百元出门，买不到什么小菜。四百元只够买一块酱豆腐，而豆腐一块也要百元以上，加上盐和香油生吃，既不经吃也不便宜，这时候只有买臭豆腐最是上算了。这只要百元一块，味道颇好，可以杀饭，却又不能多吃，大概半块便可下一顿饭，这不是很经济的么。

这一类的食品在我们的乡下出产很多，豆腐做的是霉豆腐，分红霉豆腐、臭霉豆腐两种，另有霉千张，霉苋菜梗，霉菜头，这些乃是家里自制的。外边改称酱豆腐、臭豆腐，这也没有什么关系，但本地别有一种臭豆腐，用油炸了吃的，所以在乡下人看来，这名称是有点缠夹的了。更有意思的是，乡下所制干菜，有白菜干、油菜干、倒督菜之分，外边则统称之为霉干菜，干菜本不霉而称之曰霉，豆腐事实上是霉过的而不称为霉，在乡下人听了是很有点儿别扭的。

豆腐据说是淮南遗制，历史甚长，够得上说是中国文明的特产，现代科学盛称大豆的营养价值，所以这是名实相符的国粹。它的制品又是种类很多，豆腐，油豆腐，豆腐干，豆腐皮，千张，豆腐渣，此外还有豆腐浆和豆面包，做起菜来各具风味，并不单调，如用豆腐店的出品做成十碗菜，一定是比砂锅居的全猪席要好得多的。中国人民所吃的小菜，一半是白菜萝卜，一半是豆腐制品，淮南的流泽实是孔长了。

还有一件事想起来也很好玩的，便是西洋人永不会得吃豆腐，我们想象用了豆腐干、油豆腐去做大菜，能够做出什么东西来，巴黎的豆腐公司之失败，也就是一个证明了。

1949 年 12 月

杂谈七月

//

郁达夫

阴历的七月天，实在是一年中最好的时候，所谓“已凉天气未寒时”也，因而民间对于七月的传说，故事之类，也特别的多。诗人善感，对于秋风的惨淡，会发生感慨，原是当然。至于一般无敏锐感受性的平民，对于七月，也会得这样讴歌颂扬的原因，想来总不外乎农忙已过，天气清凉，自己可以安稳来享受自己的劳动结果的缘故；虽然在水旱成灾，丰收也成灾，农村破产的现代中国，农民对于秋的感觉如何，许还是一个问题。

七月里的民间传说最有诗味的，当然是七夕的牛郎织女的事情。小泉八云有一册银河故事，所记的，是日本乡间，于七夕晚上，悬五色诗笺于竹竿，掷付清溪，使水流去的雅人雅事，中间还译了好几首日本的古歌在那里。

其次是七月十五的盂兰盆会，这典故的出处，大约是起因于盂兰盆经的目连救母的故事的，不过后来愈弄愈巧，便有刻木割竹，饴蜡剪彩，模花叶之形状等妙技了。日本乡间，在七月十五的晚上，并且有男女野舞，直舞到天明的习俗，名曰盆踊。鄙人在日光，盐原等处，曾有几次躬逢其盛，觉得那一种农民的原始的跳舞，与月下的乡村男女酣歌戏谑的情调，实在是有些写不出来的愉快的地方。这些日本的七月里的遗俗，不知道是不是我们隋唐时代的国产，这一点，倒很想向考据家们请教一番。

因目连救母的故事而来的点缀，还有七月三十日的放河灯与插地藏香等闹事。从前寄寓在北平什刹海的北岸，每到秋天，走过积水潭的净业庵头，就要想起王次回的“秋夜河灯净业庵”那一首绝句。听说绍兴有大规模的目连戏班和目连戏本，不知道这目连戏在绍兴，是不是也是农民在七月里的业余余兴？

冬

//

陶晶孙

冬有三种，一种是天文学的冬，他是冬至到春分，一种是气象学的冬，他是十二月到二月底，一种是中国的冬，他是立冬到立春。

这三种冬，中国的冬最早，天文学的冬最迟，现在十一月，我国已算冬天了，可是气象正是秋高气爽之时，而“外国冬至”，即圣诞节，才是天文上的冬。

我国的立冬，是在表示将来了，冬尚未完，人在怕冷的时候，立春之声，给我们抱着“冬天已到，春亦不远”的安慰，所以我爱用中国式的四季。不过旧历尽可以用，我爱用新历。

我是生在江南的人留学外国，回来见中国人受了久年的殖民地支配，因此根性已变恶劣而痛恨，可是走上我的父亲所宝贝酷爱的五亩田，见他的黄金色之稻，乡人给他刈成稻堆，就忆起我在八九岁之时，和将来成为我的废洋伞的小女，在这成熟了的稻田之中，我捉一只蚱蜢给她，她好像在怕，同时又有些害羞，接受我的赠品，那个时候我还不解恋爱，不过我已解女子之美，我爱我们江南暖旺旺的冬天。

苛烈之冬不是那么样暖旺旺的，留学日本，大学毕业了，官费已被革了，父亲的津贴也停给了，文学谈得十分够，泳游着的莫泊桑等不爱他，苦闷的我国文学谈不了，只爱大陆的古典而引起日耳曼的哲学的苦闷，在苦闷之中，向日本的北方的都会找真理而去。

北方的杉枞等树，繁茂着，像谈英文的仙女乡，树下暗，像有仙女和小人要出来，而密林上盖着雪，雪，雪，雪。

渴望着的学都在白雪之中，白雪之中有密林，密林之上有白雪，白雪之间有青色的小河，小河之旁是绝壁。

密林之间，白雪之中有学舍，之内有哲学，哲学之难，令人惊叹。

一天，冰雪之中，有暖旺旺的一个窗子，立在窗下听着比牙琴之声，而他的曲是Troika的那一个曲子那个清澄的音声，反应着发生，这是给我在苦闷之中，发现着我的热狂之爱，只有苦闷者能找到的爱，只有苛烈之冬能训练出来的爱。

我感谢寒气砭骨之冬，只有在这种“冬”之中，能生热狂之爱，只有在冰雪盖着的森林中，能见冬之美，所以我的诗人为我恋爱，祝我的句子说：

密林之上盖着白雪，
她要把她的爱，覆盖着他，
你怎能盖尽他，只有进来到密林中，
来和仙女跳舞。

这是冬天的罗曼。

冬天的不知觉的浪漫也有，我的女友替我写的冬天的文章是这样，她说：

说起冬天，我就得联想到一件事，微小而平凡，人家知道了只多打个哈哈，我却觉得它带给我暖意。

大约在八年前的冬天罢？一个很冷的晚上，天上飘着大雪，白絮般的争先恐后拼命地向地下飘。父亲书室里的大火炉正烧得在兴头上暖暖的似春天，父亲坐在摇椅上吸雪茄，母亲坐在近旁的沙发上和他谈家常，姊妹们散坐着看书做女红，我倚在沙发边上，心中很忙乱地计算着明天到哪儿去拍雪景，突然想起今天送来的新旗袍，枣红丝绒的旗袍，穿了去赏雪是顶好看了。马上奔到卧室去，换上新衣又匆匆地跨进了书室，在母亲面前一站道："母亲，你看我明天穿这衣服去拍照，漂亮不漂亮？张裁缝的本领不差，腰身做得真好，你看。"想着打了一个很快的旋转步子，转得太圆太快了，手碰着书桌的水仙花盆儿，因为来势太猛，盆儿站不住，连花带水地向下跌，盆儿跌得纷纷碎，水往四下里狂奔乱溅，那些小石子更是滚得四处八方的，我的枣红丝绒旗袍上沾了一大堆水渍。小巧玲珑的水仙花盆，翠绿得似翡翠，是姐姐从江西带来孝敬父亲的，是父亲的心爱之物，现在完了，可爱的水仙花盆儿！

母亲正看着我笑眯眯的，见我闯了这个祸就正了颜色道："你总是这样抖乱，这样大的人了，还要毛手脚地打破东西。这盆是父亲欢喜的，父亲罚她一下吧？”我偷眼看看父亲，他在皱眉头，然而没有怒容，他待子女最客气，决不会骂的，更不必说罚了。可是父亲很爽快地回答道：“罚她做一篇小品文，题目是夜杂感，今夜交卷，让她静静地坐一歇。”

我不敢撒娇，我不敢还价，一扭身躲到自己卧室中去写，母亲连连喊我在书室中写，楼上冷，怕我受寒，但是我不听从。母亲呀！这一次我真不该辜负你这伟大的爱意，想不到这九年来，我这一生永永地享受不着母亲的暖意，伟大的母爱。

那夜我坐在卧室的小桌子边，满心又气又恨，疼惜这只翠绿色的盆，更疼惜这件新的红丝绒旗袍，一堆水渍糟蹋了一件新衣！手中拿着笔写不出一句文章来。寒气又来侵袭我，手指疼痛到麻木，浑身的骨节酸酸的好像在收缩拢来，人坐不住了，不由地发抖，想下楼去，又不好意思。幸亏母亲让女仆拿一只热水袋来给我暖手，又说天气太冷、老爷叫小姐睡了吧，文章明天写。我本能地睡进了被窝，实在伏在母翼下的小鸟怎样会受到冷呢。

这给我忆起窦萍在影戏中的快乐可以仿佛看见，这篇现实，表面是个现实，可是事实是个浪漫，只有她描写的现实中，我国人的通病，罚写一篇文章，那是办不成的，此刻八年之后，我因为要写冬的文章，叫这个年轻女友写一段文章，也一样地限她要一天之中写出来，她就能够写出来，原来罚不能写出来，只有爱能够叫她写出来。

冬天，干而枯的树枝向着天，有的像扫着天，有的像夸示着他的树根之勇敢，而在他的下面，已经有青的春草，在热闹地挤着，这春草背靠着树干而不受北风，有仙女在上面跳舞着，所以有暖旺旺的春意，这是我和她。

这样，我们又要想到说：

冬天如果到来，那么春天也不远了。

虹

//

茅盾

不知在什么时候，金红色的太阳光已经铺满了北面的一带山峰。但我的窗前依然洒着绵绵的细雨。

早先已经听人说过这里的天气不很好。敢就是指这样的一边耀着阳光，一边却落着泥人的细雨？光景是多少像故乡的黄梅时节呀！出太阳，又下雨。

但前晚是有过浓霜的了。气温是华氏表四十度。

无论如何，太阳光是欢迎的。我坐在南窗下看N. Evréinoff[①]的剧本。看这本书，已经是第三次了；可是对于那个象征了顾问和援助者，并且另有五个人物代表他的多方面的人格的剧中主人公Paraclete，我还是不知道应该憎呢或是爱？

这不是也很像今天这出太阳又下雨的天气么？

---

① N. Evréinoff：尼·叶夫列伊诺夫（1879—1953），苏联导演、剧作家、戏剧理论家和戏剧史家。

我放下书，凝眸遥瞩东面的披着斜阳的金衣的山峰，我的思想跑得远远的。我觉得这山顶的几簇白房屋就仿佛是中古时代的堡垒，那里面的主人应该是全身裹着铁片的骑士和轻盈婀娜的美人。

欧洲的骑士样的武士，岂不是曾在这里横行过一世？百余年前，这群山环抱的故都，岂不是一定曾有些挥着十八贯的铁棒的壮士？岂不是余风流沫尚像地下泉似的激荡着这个近代化的散文的都市？

低下头去，我浸入于缥缈的沉思中了。

当我再抬头时，咄！分明的一道彩虹划破了蔚蓝的晚空。什么时候它出来，我不知道；但现在它像一座长桥，宛宛地从东面山顶的白房屋后面，跨到北面的一个较高的青翠的山峰。呵，彩虹！古代希腊人说你是渡了麦丘立到冥国内索回春之女神①，你是美丽的希望的象征！

但虹一样的希望也太使人伤心。

于是我又恍惚看见穿了锁子铠，戴着铁面具的骑士涌现在这半空的彩桥上；他是要找他曾经发过誓矢忠不二的“贵夫人”呢，还是要扫除人间的不平？抑或他就是狐假虎威的“鹰骑士”？

天色渐渐黑下来了，书桌上的电灯突然放光，我从幻想中抽身。

像中世纪骑士那样站在虹的桥上，高揭着什么怪好听的旗号，而实在只是出风头，或竟是待价而沽，这样的新式的骑士，在“新黑暗时代”的今日，大概是不会少有的罢？

1929年3月

① 春之女神：希腊神话中春之女神普洛色宾纳。

忙

//

老舍

近来忙得出奇。恍惚之间，仿佛看见一狗，一马，或一驴，其身段神情颇似我自己；人兽不分，忙之罪也！

每想随遇而安，贫而无谄，忙而不怨。无谄已经作到；无论如何不能欢迎忙。

这并非想偷懒。真理是这样：凡真正工作，虽流汗如浆，亦不觉苦。反之，凡自己不喜作，而不能不作，作了又没什么好处者，都使人觉得忙，且忙得头疼。想当初，苏格拉底终日奔忙，而忙得从容，结果成了圣人；圣人为真理而忙，故不手慌脚乱。即以我自己说，前年写《离婚》的时候，本想由六月初动笔，八月十五交卷。及至拿起笔来，天气热得老在九十度以上，心中暗说不好。可是写成两段以后，虽腕下垫吃墨纸以吸汗珠，已不觉得怎样难受了。“七”月十五日居然把十二万字写完！因为我爱这种工作哟！我非圣人，也知道真忙与瞎忙之别矣。

所谓真忙，如写情书，如种自己的地，如发现九尾彗星，如在灵感下写诗作画，虽废寝忘食，亦无所苦。这是真正的工作，只有这种工作才能产生伟大的东西与文化。人在这样忙的时候，把自己已忘掉，眼看的是工作，心想的是工作，作梦梦的是工作，便无暇计及利害金钱等等了；心被工作充满，同时也被工作洗净，于是手脚越忙，心中越安怡，不久即成圣人矣。情书往往成为真正的文学，正在情理之中。

所谓瞎忙，表面上看来是热闹非常，其实呢它使人麻木，使文化退落，因为忙得没意义，大家并不愿作那些事，而不敢不作；不作就没饭吃。在这种忙乱情形中，人们像机器般的工作，作完了一饱一睡，或且未必一饱一睡，而半饱半睡。这里，只有奴隶，没有自由人；奴隶不会产生好的文化。这种忙乱把人的心杀死，而身体也不见得能健美。它使人恨工作，使人设尽方法去偷油儿。我现在就是这样，一天到晚在那儿作事，全是我不爱作的。我不能不去作，因为眼前有个饭碗；多咱我手脚不动，那个饭碗便啪的一声碎在地上！我得努力呀，原来是为那个饭碗的完整，多么高伟的目标呀！试观今日之世界，还不是个饭碗文明！

因此，我羡慕苏格拉底，而恨他的时代。苏格拉底之所以能忙成个圣人，正因为他的社会里有许多奴隶。奴隶们为苏格拉底作工，而苏格拉底们乃得忙其所乐意忙者。这不公道！在一个理想的文化中，必能人人工作，而且乐意工作，即便不能完全自由，至少他也不完全被责任压得翻不过身来，他能把眼睛从饭碗移开一会儿，而不至立刻啪的一声打个粉碎。在这样的社会里，大家才会真忙，而忙得有趣，有成绩。在这里，懒是一种惩罚；三天不作事会叫人疯了；想想看，灵感来了，诗已在肚中翻滚，而三天不准他写出来，或连哼哼都不许！懒，在现在的社会里，是必然的结果，而且不比忙坏；忙出来的是什么？那么，懒又有什么不可以呢？

世界上必有那么一天，人类把忙从工作中赶出去，大家都晓得，都觉得，工作的快乐，而越忙越高兴；懒还不仅是一种羞耻，而是根本就受不了的。自然，我是看不到那样的社会了；我只能在忙得——瞎忙——要哭的时候这么希望一下吧。

1935 年 6 月

外东消夏录

//

朱自清

引子

这个题目是仿的高士奇的《江村消夏录》。那部书似乎专谈书画，我却不能有那么雅，这里只想谈一些世俗的事。这回我从昆明到成都来消夏。消夏本来是避暑的意思。若照这个意思，我简直是闹笑话，因为昆明比成都凉快得多，决无从凉处到热处避暑之理。消夏还有一个新意思，就是换换生活，变变样子。这是外国想头，摩登想头，也有一番大道理。但在这战时，谁还该想这个！我们公教人员谁又敢想这个！可是既然来了，不管为了多俗的事，也不妨取个雅名字，马虎点儿，就算他消夏罢。谁又去打破砂缸问到底呢？

但是问到底的人是有的。去年参加昆明一个夏令营，营地观音山。七月二十三日便散营了。前一两天，有游客问起，我们向他说这是夏令营，就要结束了。他道，“就结束了？夏令完了吗？”这自然是俏皮话。

问到底本有两种，一是“要奸心”，一是死心眼儿。若是要奸心的话，这儿消夏一词似乎还是站不住。因为动手写的今天是八月二十八日，农历七月初十日，明明已经不是夏天而是秋天。但“录”虽然在秋天，所“录”不妨在夏天；《消夏录》尽可以只录消夏的事，不一定为了消夏而录。还是马虎点儿算了。

外东一词，指的是东门外，跟外西、外南、外北是姊妹花的词儿。成都住的人都懂，但是外省人却弄不明白。这好像是个翻译的名词，跟远东、近东、中东挨肩膀儿。固然为纪实起见，我也可以用草庐或草堂等词，因为我的确住着草房。可是不免高攀诸葛丞相、杜工部之嫌，我怎么敢那样大胆呢？我家是住在一所尼庵里，叫做“尼庵消夏录”原也未尝不可，但是别人单看题目也许会大吃一惊，我又何必故作惊人之笔呢？因此马马虎虎写下“外东消夏录”这个老老实实的题目。

夜大学

四川大学开办夜校，值得我们注意。我觉得与其匆匆忙忙新办一些大学或独立学院，不重质而重量，还不如让一些有历史的大学办办夜校的好。

眉毛高的人也许觉得夜校总不像一回事似的。但是把毕业年限定得长些，也就差不多。东吴大学夜校的成绩好像并不坏。大学教育固然注重提高，也该努力普及，普及也是大学的职分。现代大学不应该像修道院，得和一般社会打成一片才是道理。况且中国有历史的大学不多，更是义不容辞的得这么办。

现在百业发展，从业员增多，其中尽有中学毕业或具有同等学力，有志进修无门可入的人。这些人往往将有用的精力消磨在无聊的酬应和不正当的娱乐上。有了大学夜校，他们便有机会增进自己的学识技能。这也就可以增进各项事业的效率，并澄清社会的恶浊空气。

普及大学教育，有夜校，也有夜班，都得在大都市里，才能有足够的从业员来应试入学。入夜校可以得到大学毕业的资格或学位，入夜班却只能得到专科的资格或证书。学位的用处久经规定，专科资格或证书，在中国因从未办过大学夜班，还无人考虑它们的用处。现时只能办夜校；要办夜班，得先请政府规定夜班毕业的出身才成。固然有些人为学问而学问，但各项从业员中这种人大概不多，一般还是功名心切。就这一般人论，用功名来鼓励他们向学，也并不错。大学生选系，不想到功名或出路的又有多少呢？这儿我们得把眉毛放低些。

四川大学夜校分中国文学、商学、法律三组。法律组有东吴的成例，商学是当今的显学，都在意中。只有中国文学是冷货，居然三分天下有其一，好像出乎意外。不过虽是夜校，却是大学，若全无本国文化的科目，未免难乎其为大，这一组设置可以说是很得体的。这样分组的大学夜校还是初试，希望主持的人用全力来办，更希望就学的人不要三心二意的闹个半途而废才好。

人和书

“人和书”是个好名字，王楷元先生的小书取了这个名字，见出他的眼光和品位。

人和书，大而言之就是世界。世界上哪一桩事离开了人？又哪一桩事离得了书？我是说世界是人所知的一切。知者是人，自然离不了人；有知必录，便也离不开书。小而言之，人和书就是历史，人和书造成了历史；再小而言之就是传记，就是王先生这本书叙述和评论的。传记有大幅，有小品，有工笔，有漫画。这本书是小品，是漫画。虽然是大大的圈儿里一个小小的圈儿，可是不含糊是在大圈儿里，所叙的虽小，所见的却大。

这本书分三部分。第一部分是传记，第三部分也是片段的传记，第二部分评介的著作还是传记。王先生有意“引起读者研读传记的兴趣”，自序里说得明白。撰录近代和现代名人轶事，所谓笔记小说，传统很长。这个传统移植到报纸上，也已多年。可见一般人原是喜欢这种小品的。但是“五四”以来，“现在”遮掩了“过去”，一般青年人减少了历史的兴味，对于这类小品不免冷淡了些。他们可还喜欢简短零星的文坛消息等等，足见到底不能离开人和书。

自序里希望读者“对于伟大人物，由景慕而进于效法，人人以圣贤自许，猛勇精进”。这是一个宏愿。近来在《美国文摘》里见到一文，叙述一位作家叫小亚吉尔的，如何因《褴褛的狄克》一部书而成名，如何专写贫儿努力致富的故事，风行全国，鼓舞人心。他写的是“工作和胜利，上进和前进的故事”，在美国文学中创一新派。他的时代虽然在一九二九年以前就过去了，但是许多自己造就的人都还纪念着他的书的深广的影响。可见文学的确有促进人生的力量。王先生的宏愿是可以达成的，有志者大家自勉好了。

成都诗

据说成都是中国第四大城。城太大了，要指出它的特色倒不易。说是有些像北平，不错，有些个。既像北平，似乎就不成其为特色了？然而不然，妙处在像而不像。我记得一首小诗，多少能够抓住这一点儿，也就多少能够抓住这座大城。

这是易君左先生的诗，题目好像就是“成都”两个字。诗道：

细雨成都路，微尘护落花。据门撑古木，绕屋噪栖鸦。

入暮旋收市，凌晨即品茶。承平风味足，楚客独兴嗟。

住过成都的人该能够领略这首诗的妙处。它抓住了成都的闲味。北平也闲得可以的，但成都的闲是成都的闲，像而不像，非细辨不知。

“绕屋噪栖鸦”，自然是那些“据门撑”着的“古木”上栖鸦在噪着。这正是“入暮”的声音和颜色。但是吵着的东南城有时也许听不见，西北城人少些，尤其住宅区的少城，白昼也静悄悄的，该听得清楚那悲凉的叫唤罢。

成都春天常有毛毛雨，而成都花多，爱花的人家也多，毛毛雨的春天倒正是养花天气。那时节真所谓“天街小雨润如酥”，路相当好，有点泥滑滑，却不至于“行不得也哥哥”。缓缓的走着，呼吸着新鲜而润泽的空气，叫人闲到心里，骨头里。若是在庭园中踱着，时而看见一些落花，静静的飘在微尘里，贴在软地上，那更闲得没有影儿。

成都旧宅于门前常栽得有一株泡洞树或黄桷树，粗而且大，往往叫人只见树，不见屋，更不见门洞儿。说是“撑”，一点儿不冤枉，这些树臃粗偃蹇，老气横秋，北平是见不着的。可是这些树都上了年纪，也只闲闲的“据”着“撑”着而已。

成都收市真早。前几年初到，真搞不惯；晚八点回家，街上铺子便劈劈啪啪一片上门声，暗暗淡淡的，够惨。“早睡早起身体好”，农业社会的习惯，其实也不错。这儿人起的也真早，“入暮旋收市，凌晨即品茶”，是不折不扣的实录。

北平的春天短而多风尘，人家门前也有树，可是成行的多，独据的少。有茶楼，可是不普及，也不够热闹的。北平的闲又是一副格局，这里无须详论。“楚客”是易先生自称。他“兴嗟”于成都的“承平风味”。但诗中写出的“承平风味”，其实无伤于抗战；我们该嗟叹的恐怕是别有所在的。我倒是在想，这种“承平风味”战后还能“承”下去不能呢？在工业化的新中国里，成都这座大城该不能老是这么闲着罢。

蛇尾

动手写《引子》的时候，一鼓作气，好像要写成一本书。但是写完了上一段，不觉再三衰竭了。到底已是秋天，无夏可消，也就“录”不下去了。古人说得好，“乘兴而来，兴尽而返”，只好以此解嘲。这真是蛇尾，虽然并不见虎头。本想写完上段就戛然而止，来个神龙见首不见尾。可是虎头还够不上，还闹什么神龙呢？话说回来，虎头既然够不上，蛇尾也就称不得，老实点儿，称为蛇足，倒还有个样儿。

1941 年

天井里的种植

//

叶圣陶

搬到上海来十多年，一直住的弄堂房子。弄堂房子，内地人也许不明白是什么式样。那是各所一律的：前墙通连，隔墙公用；若干所房子成为一排；前后两排间的通路就叫做“弄堂”；若干条弄堂合起来总称什么里什么坊，表示那是某一个房主的房产。每一所房子开门进去是个小天井。天井，也许又有人不明白是什么。天井就是庭院；弄堂房子的庭院可真浅，只需三四步就跨过了，横里等于一所房子的阔，也不过五六步光景，如果从空中望下来，一定会觉得那个“井”字怪适当的。天井跨进去就是正间。正间背后横生着扶梯，通到楼上的正间以及后面的亭子间。因为房子并不宽，横生的扶梯够不到楼上的正间，碰到墙，拐弯向前去，又是四五级，那才是楼板。到亭子间可不用跨这四五级，所以亭子间比楼正间低。亭子间的下层是灶间；上层是晒台，从楼正间另一旁的扶梯走上去。近年来常常在文人笔下出现的亭子间就是这么局促闷损的居室。然而弄堂房子的结构确乎值得佩服；俗语说，“麻雀虽小，五脏俱全”，弄堂房子就合着这样经济的条件。

住弄堂房子，非但栽不成深林丛树，就是几棵花草也没法种，因为天井里完全铺着水门汀。你要看花草只有种在花盆里。盆里的泥往往是反复地种过了几种东西的，一些养料早被用完，又没处去取肥美的泥土来加入；所以长出叶子来开出花朵来大都瘦小可怜。有些人家嫌自己动手麻烦，又正有余多的钱足以对付小小的奢侈的开支，就与花园约定，每个月送两回或者三回盆景来；这样，家里就长年有及时的花草，过了时的自有花匠带回去，真是毫不费事。然而这等人家的趣味大都在于不缺少照例应有的点缀，自己的生活跟花草的生活却并没有多大干系；只要看花匠带回去的，不是干枯了的叶子，就是折断了的枝干，可见我这话没有冤枉了他们。再有些人家从小菜场买一些折枝截茎的花草，拿回来就插在花瓶里，不像日本人那样讲究什么“花道”，插成“乱柴把”或者“喜鹊窠”都不在乎；直到枯萎了，拔起来向垃圾桶一扔，就此完事。这除了“我家也有一点儿花草”以外，实在很少意味。

我们乐于亲近植物，趣味并不完全在看花。一条枝条伸出来，一张叶子展开来，你如果耐着性儿看，随时有新的色泽跟姿态勾引你的欢喜。到了秋天冬天，吹来几阵西风北风，树叶毫不留恋地掉将下来；这似乎最乏味了。然而你留心看时，就会发现枝条上旧时生着叶柄的处所，有很细小的一粒透露出来，那就是来春新枝条的萌芽。春天的到来是可以预计的，所以你对着没有叶子的枝条也不至于感到寂寞，你有来春看新绿的希望。这固然不值一班珍赏家的一笑，在他们，树一定要搜求佳种，花一定要能够入谱，寻常的种类跟谱外的货色就不屑一看；但是，果真能从花草方面得到真实的享受，做一个非珍赏家的“外行”又有什么关系。然而买一点折枝截茎的花草来插在花瓶里，那是无法得到这种享受的；叫花匠每个月送几回盆景来也不行，因为时间太短促，你不能读遍一种植物的生活史；自己动手弄盆栽当然比较好，可是植物入了盆犹如鸟进了笼，无论如何总显得拘束，滞钝，跟原来不一样。推究到底，只有把植物种在泥地里最好。可是哪来泥地呢？弄堂房子的天井里有的是坚硬的水门汀！

把水门汀去掉；我时时这样想，并且告诉别人。关切我的人就提出了驳议。有两说：又不是自己的房产，给点缀花木犯不着，这是一说；谁知道这所房子住多少日子，何必种了花木让别人看，这是又一说。前者着眼在经济；后者只怕徒劳而得不到报酬。这种见识虽然不能叫我信服，可是究属好意；我对他们都致了谢。然而也并没有立刻动手。直到三年前的冬季，才真个把天井里的水门汀的两边凿去，只留当中一道，作为通路。水门汀下面满是砖砾，烦一个工人用了独轮车替我运出去。他就从不很近的田野里载回来泥土，倒在凿开的地方。来回四五趟，泥土与留着的水门汀平了。于是我买一些植物来种下，计蔷薇两棵，紫藤两棵，红梅一棵，芍药根一个。蔷薇跟紫藤都落了叶，但是生着叶柄的处所，萌芽的小粒已经透出来了；红梅满缀着花蕾，有几个已经展开了一两瓣；芍药根生着嫩红的新芽，像一个个笔尖，尤其可爱。我希望它们发育得壮健些，特地从江湾买来一片豆饼，融化了，分配在各棵的根旁边；又听说芍药更需要肥料，先在安根处所的下边埋了一条猪的大肠。

不到两个月，“一·二八”战役起来了。停战以后，我回去捡残余的东西。天井完全给碎砖断板掩没了。只红梅的几条枝条伸出来，还留着几个干枯的花萼；新叶全不见，大概是没命了。当时心里充满着种种的愤恨，一瞥过后，就不再想到花呀草呀的事。后来回想起来，才觉得这回的种植真是多此一举。既没有点缀人家的房产，也没有让别人看到什么，除了那棵红梅总算看见它半开以外，一点儿效果都没有得到，这才是确切的“犯不着”。然而当初提出驳议的人并不曾想到这一层。

去年秋季，我又搬家了。经朋友指点，来看这所房子，才进里门，我就中了意，因为每所房子的天井都留着泥地，再不用你费事，只一条过路涂的水门汀。搬了进来之后，我就打算种点儿东西。一个卖花的由朋友介绍过来了。我说要一棵垂柳，大约齐楼上的栏杆那么高。他说有，下礼拜早上送来。到了那礼拜天，一家人似乎有一位客人将要到来，都起得很早。但是，报纸送来了，到小菜场去买菜的回来了，垂柳却没有消息。那卖花的“放生”了吧，不免感到失望。忽然，“树来了！树来了！”在弄堂里赛跑的孩子叫将起来。三个人扛着一棵绿叶蓬蓬的树，在门首停下；不待竖直，就认知这是柳树而并不是垂柳。为什么不送一棵垂柳来呢？种活来得难哩，价钱贵得多哩，他们说出好些理由。不垂又有什么关系，具有生意跟韵致是一样的。就叫他们给我种在门侧；正是齐楼上的栏杆那么高。问多少价钱，两块四，我照给了。人家都说太贵，若在乡下，这样一棵柳树值不到两毛钱。我可不这么想。三个人的劳力，从江湾跑了十多里路来到我这里，并且带来一棵绿叶蓬蓬的柳树，还不值这点儿钱吗？就是普通的商品，譬如四毛钱买一双袜子，一块钱买三罐香烟，如果撇开了资本吸收利润这一点来说，付出的代价跟取得的享受总有些抵不过似的，因为每样物品都是最可贵的劳力的化身，而付出的代价怎样来的未必每个人没有问题。

柳树离开了土地一些时，种下去过了三四天，叶子转黄，都软软地倒垂了；但枝条还是绿的。半个月后就是小春天气，接连十几天的暖和，枝条上透出许多嫩芽来；这尤其叫人放心。现在吹过了几阵西风，节令已交小寒，这些嫩芽枯萎了。然而清明时节必将有一树新绿是无疑的。到了夏天，繁密的柳叶正好代替凉棚，遮护这小小的天井：那又合于家庭经济原理了。

柳树以外我又在天井里种了一棵夹竹桃，一棵绿梅，一条紫藤，一丛蔷薇，一个芍药根，以及叫不出名字来的两棵灌木；又有一棵小刺柏，是从前住在这里的人家留下来的。天井小，而我偏贪多；这几种东西长大起来，必然彼此都不舒服。我说笑话，我安排下一个“物竞”的场所，任它们去争取“天择”吧。那棵绿梅花蕾很多，明后天有两三朵开了。

1935 年

森林中的绅士

//

茅盾

据说北美洲的森林中有一种“得天独厚”的野兽，这就是豪猪，这是“森林中的绅士”！

这是在头部、背部、尾巴上，都长着钢针似的刺毛的四足兽，所谓“绅士相处，应如豪猪与豪猪，中间保持相当的距离”，就因为太靠近了彼此都没有好处。不过豪猪的刺还是有形的，绅士之刺则无形，有形则长短有定，要保持相当的距离总比无形者好办些，而这也是模仿豪猪的绅士们“青出于蓝”的地方。

但豪猪的“绅士风度”之可贵，尚不在那一身的钢针似的刺毛。它是矮胖胖的，一张方正而持重的面孔，老是踱着方步，不慌不忙。它的潇洒悠闲，实在也到了殊堪钦佩的地步：可以在一些滋味不坏的灌木丛中玩上一整天，很有教养似的边走边哼，逍遥自得，无所用心，宛然是一位乐天派。它不喜群居的生活，但也并非完全孤独，由此可见它在“待人接物”上多么有分寸。

若非万不得已，它决不旅行，整年整季，它的活动范围不出三四里地。一连几星期，它只在三四棵树上爬来爬去；它躺在树枝间，从容自在地啃着树皮，啃得倦了，就打个瞌睡；要是睡中一个不小心倒栽下来，那也不要紧，它那件特别的长毛大衣会保护它的尊躯。

它也不怕跌落水里去，它全身的两万刺毛都是中空的，它好比穿了件救生衣，一到水里，自会浮起来的。

而这些空心针似的刺毛又是绝妙的自卫武器，别的野兽身上要是刺进了几十枚这样的空心针，当然会有性命之忧，因为这些空心针是角质的，刺进了温湿的肌肉，立刻就会发胀，而且针上又遍布了倒钩，倒钩也跟着胀大，倒钩的斜度会使得那针愈陷愈深。因此，遇到外来的攻击时，豪猪的战术是等在那里“挨打”，让敌人自己碰伤，知难而退。因为它那些刺毛只要轻轻一碰就会掉落，而又因其尖利非凡，故一碰之下未有不刺进皮肉的。

然而具有这样头等的自卫武器的它，却有老大的弱点：肚皮底下没刺毛，这是不设防地带，小小的老鼠只要能够设法钻到豪猪的肚皮底下，就是胜利者了。但尤其脆弱者，是豪猪的鼻子。一根棍子在这鼻尖上轻轻敲一下，就是致命的。这些弱点，豪猪自己知道得很清楚；所以遇到敌人的时候，它就把脑袋塞在一根木头下面，这样先保护好它那脆弱的鼻子，然后四脚收拢，平伏地面，掩蔽它那不设防的腹部，末了，就耸起浑身的刺毛，摆好了“挨打”的姿势。当然，它还有一根不太长然而也还强壮有力的尾巴（和它身长比较，约为五与一之比），真是一根狼牙棒，它可以左右挥动，敌人要是挨着一下，大概受不住；可是这根尾巴的挥动因为缺乏一双眼睛来指示目标，也只是守势防御而已。

敌人也许很狡猾，并不进攻，却悄悄地守在旁边静候机会，那时候，豪猪不能不改变战术了。它从掩蔽部抽出了鼻子，拼命低着头（还是为的保护鼻子），倒退着走，同时猛烈挥动尾巴，这样“背进”到了最近一棵树，它就笨拙地往上爬，爬到了相当高度，自觉已无危险，便又安安逸逸躺在那里啃起嫩枝来，好像根本没有发生过什么事情似的。

这真是典型的绅士式的“镇静”。的的确确，它的一切生活方式——连它的战术在内，都是典型的绅士式的。但正像我们的可敬的绅士们尽管“得天独厚”，优游自在，却也常常要无病呻吟一样，豪猪也喜欢这调门。好好地它会忽然发出了声音摇曳而凄凉的哀号，单听那声音，你以为这位“森林中的绅士”一定是碰到绝大的危险，性命就在顷刻间了；然而不然。它这时安安逸逸坐在树梢上，方正而持重的脸部照常一点表情也没有，可是它独自在哀啼，往往持续至一小时之久，它这样无病而呻吟是玩玩的。

据说向来盛产豪猪的安地郎达克山脉，现在也很少看见豪猪了，以至美国地方政府不得不用法令来保护它了。为什么这样“得天独厚”，具有这样巧妙自卫武器的豪猪会渐有绝种之忧呢？是不是它那种太懒散而悠闲的生活方式使之然呢？还是因为它那“得天独厚”之处存在着绝大的矛盾——几乎无敌的刺毛以及毫无抵抗力的暴露着的鼻子——所以结果仍然于它不利呢？

我不打算在这里来下结论，可是我因此更觉得豪猪的“生活方式”叫人看了寒心。

1945 年 5 月 21 日

读诗偶感

夏丏尊

数年前，经朱佩弦君的介绍，求到了黄晦闻（节）氏的字幅。黄氏是当代的诗家，我求他写字的目的，在想请他写些旧作，不料他所写的却不是自己的诗，是黄山谷的《戏赠米元章二首》。那诗如下：

万里风帆水着天。麝煤鼠尾过年年。沧江静夜虹贯月。定是米家书画船。

我有元晖古印章。印刓不忍与诸郎。虎儿笔力能扛鼎。教字元晖继阿章。

字是写得很苍劲古朴的，把它装裱好了挂在客堂间里，无事的时候，一个人看着读着玩，字看看倒有味，诗句读读却感到无意味，不久就厌倦了把它收藏起来，换上别的画幅。

近来，听说黄氏逝世了，偶然念及，再把那张字幅拿出来挂上，重新来看着读着玩。黄氏的字仍是有味的，而山谷的诗句仍感到无意味。于是我就去追求这诗对我无意味的原因。第一步把平日读过的诗来背诵，发现我所记得的诗里面，有许多也是对我意味很少或竟是无意味的，再去把唐宋人的集子来随便翻，觉得对我无意义的东西竟着实不少。

文艺作品的有意味与无意味，理由当然不很简单，说法也许可以各人不同吧。我现在所觉到的只是一点，就是对我的生活可以发生交涉的，有意味，否则就无意味。让我随便举出一首认为有意味的诗来，如李白的《静夜思》：

床前明月光，疑是地上霜。
举头望明月，低头思故乡。

这首诗从小就记熟，觉得有意味，至今年纪大了，仍觉得有意味。第一，这里面没有用着一定的人名，任何人都可以做这首诗的主人公。“疑”，谁“疑”呢？你疑也好，我疑也好，他疑也好，“举头”“望”“低头”“思”这些动作，任凭张三李四来做都可以。诗句虽是千年以前的李白做的，至今任何人在类似的情景之下，都可以当作自己的创作来念。心中所感到的滋味，和作者李白当时所感到的可以差不多。第二，这里面用着不说煞的含蓄说法，只说“思故乡”，不加“恋念”“悲哀”等等的限定语。为父母而思故乡也好，为恋人而思故乡也好，为战乱而思故乡也好，甚么都可以。犹之数学公式中的X，任凭你代入甚么数字去，都可适用。如果前人的文学作品可以当遗产的话，这类的作品的确可以叫作遗产的了。

再回头来读山谷的那两首诗：第一首是写米元章的船中书画生活的，米元章工书画，当时做着名叫“发运司”的官，长期在江淮间船上过活，船里带着许多书画，自称“米家书画船”。第二首是说要将自己所郑重珍藏的晋人谢元晖的印章赠予米元章的儿子虎儿（名友仁），说虎儿笔力好，可取字元晖，使用这印章，继承父业。这两首诗在山谷自己不消说是有意味的，因为发挥着对于友人的情感，在米元章父子也当然有意味，因为这诗为他们而做。但是对千年以后的我们发生甚么交涉呢？我们不住在船中，又不会书画，也没有古印章，也没有“笔力能扛鼎”的儿子，所以读来读去，除了些记得一件文人的故事和诗的本来的平仄音节以外，毫不觉得有甚么了。如果用遗产来做譬喻，李白的《静夜思》是一张不记名的支票，谁拿到了都可支取使用，籴米买菜。山谷的《戏赠米元章二首》是一张记名的划线支票，非凭记着的那人不能支取，而这记着的那人却早已死去了的。于是这张支票捏在我们手里，只好眼睛对它看看而已。

山谷的集子里当然也有对我们有意味的诗，李白的集子里也有对我们无意味的诗，上面所说的只是我个人现在的选择见解。依据这见解把从来汗牛充栋的诗集、文集、词集来检验估价，被淘汰的东西将不知有若干。以前各种各样的选本，也不知该怎样翻案才好。这对于古人也许是一种忤逆，但为大众计，是应该的，我们对于前人留下来的文艺作品，要主张有读的权利，同时要主张有不读的自由。

1935 年 5 月

看镜有感

鲁迅

因为翻衣箱，翻出几面古铜镜子来，大概是民国初年初到北京时候买在那里的，“情随事迁”，全然忘却，宛如见了隔世的东西了。

一面圆径不过二寸，很厚重，背面满刻蒲陶[1]，还有跳跃的鼯鼠，沿边是一圈小飞禽。古董店家都称为“海马葡萄镜”。但我的一面并无海马，其实和名称不相当。记得曾见过别一面，是有海马的，但贵极，没有买。这些都是汉代的镜子，后来也有模造或翻沙者，花纹可造粗拙得多了。汉武通大宛安息，以致天马葡萄，大概当时是视为盛事的，所以便取作什器的装饰。古时，于外来物品，每加海字，如海榴，海红花，海棠之类。海即现在之所谓洋，海马译成今文，当然就是洋马。镜鼻是一个虾蟆，则因为镜如满月，月中有蟾蜍之故，和汉事不相干了。

遥想汉人多少闳放，新来的动植物，即毫不拘忌，来充装饰的花纹。唐人也还不算弱，例如汉人的墓前石兽，多是羊，虎，天禄，辟邪，而

① 蒲陶：即葡萄。

长安的昭陵上，却刻着带箭的骏马，还有一匹驼鸟，则办法简直前无古人。现今在坟墓上不待言，即平常的绘画，可有人敢用一朵洋花一只洋鸟，即私人的印章，可有人肯用一个草书一个俗字么？许多雅人，连记年月也必是甲子，怕用民国纪元。不知道是没有如此大胆的艺术家；还是虽有而民众都加迫害，他于是乎只得萎缩，死掉了？

宋的文艺，现在似的国粹气味就熏人。然而辽金元陆续进来了，这消息很耐寻味。汉唐虽然也有边患，但魄力究竟雄大，人民具有不至于为异族奴隶的自信心，或者竟毫未想到，凡取用外来事物的时候，就如将彼俘来一样，自由驱使，绝不介怀。一到衰弊陵夷之际，神经可就衰弱过敏了，每遇外国东西，便觉得仿佛彼来俘我一样，推拒，惶恐，退缩，逃避，抖成一团，又必想一篇道理来掩饰，而国粹遂成为孱王和孱奴的宝贝。

无论从那里来的，只要是食物，壮健者大抵就无需思索，承认是吃的东西。唯有衰病的，却总常想到害胃，伤身，特有许多禁条，许多避忌；还有一大套比较利害而终于不得要领的理由，例如吃固无妨，而不吃尤稳，食之或当有益，然究以不吃为宜云云之类。但这一类人物总要日见其衰弱的，因为他终日战战兢兢，自己先已失了活气了。

不知道南宋比现今如何，但对外敌，却明明已经称臣，唯独在国内特多繁文缛节以及唠叨的碎话。正如倒霉人物，偏多忌讳一般，豁达闳大之风消歇净尽了。直到后来，都没有什么大变化。我曾在古物陈列所所陈列的古画上看见一颗印文，是几个罗马字母。但那是所谓“我圣祖仁皇帝”的印，是征服了汉族的主人，所以他敢；汉族的奴才是不敢的。

便是现在，便是艺术家，可有敢用洋文的印的么？

清顺治中，时宪书上印有“依西洋新法”五个字，痛哭流涕来劾洋人汤若望的偏是汉人杨光先。直到康熙初，争胜了，就教他做钦天监正去，则又叩阍以“但知推步之理不知推步之数”辞。不准辞，则又痛哭流涕地来做《不得已》，说道“宁可使中夏无好历法，不可使中夏有西洋人”。然而终于连闰月都算错了，他大约以为好历法专属于西洋人，中夏人自己是学不得，也学不好的。但他竟论了大辟，可是没有杀，放归，死于途中了。汤若望入中国还在明崇祯初，其法终未见用，后来阮元论之曰：“明季君臣以大统寖疏，开局修正，既知新法之密，而讫未施行。圣朝定鼎，以其法造时宪书，颁行天下。彼十余年辩论翻译之劳，若以备我朝之采用者，斯亦奇矣！……我国家圣圣相传，用人行政，惟求其是，而不先设成心。即是一端，可以仰见如天之度量矣！”（《畴人传》四十五）

现在流传的古镜们，出自冢中者居多，原是殉葬品。但我也有一面日用镜，薄而且大，规抚汉制，也许是唐代的东西。那证据是：一，镜鼻已多磨损；二，镜面的沙眼都用别的铜来补好了。当时在妆阁中，曾照唐人的额黄和眉绿，现在却监禁在我的衣箱里，它或者大有今昔之感罢。

但铜镜的供用，大约道光咸丰时候还与玻璃镜并行；至于穷乡僻壤，也许至今还用着。我们那里，则除了婚丧仪式之外，全被玻璃镜驱逐了。然而也还有余烈可寻，倘街头遇见一位老翁，肩了长凳似的东西，上面缚着一块猪肝色石和一块青色石，试伫听他的叫喊，就是“磨镜，磨剪刀！”

宋镜我没有见过好的，什九并无藻饰，只有店号或“正其衣冠”等类的迂铭词，真是“世风日下”。但是要进步或不退步，总须时时自出心裁，至少也必取材异域，倘若各种顾忌，各种小心，各种唠叨，这么做即违了祖宗，那么做又像了夷狄，终生惴惴如在薄冰上，发抖尚且来不及，怎么会做出好东西来。所以事实上“今不如古”者，正因为有许多唠叨着“今不如古”的诸位先生们之故。现在情形还如此。倘再不放开度量，大胆地，无畏地，将新文化尽量地吸收，则杨光先似的向西洋主人沥陈中夏的精神文明的时候，大概是不劳久待的罢。

但我向来没有遇见过一个排斥玻璃镜子的人。单知道咸丰年间，汪曰桢先生却在他的大著《湖雅》里攻击过的。他加以比较研究之后，终于决定还是铜镜好。最不可解的是：他说，照起面貌来，玻璃镜不如铜镜之准确。莫非那时的玻璃镜当真坏到如此，还是因为他老先生又带上了国粹眼镜之故呢？我没有见过古玻璃镜。这一点终于猜不透。

1925 年 2 月 9 日

差不多先生传

胡适

你知道中国最有名的人是谁?

提起此人，人人皆晓，处处闻名。他姓差，名不多，是各省各县各村人氏。你一定见过他，一定听过别人谈起他。差不多先生的名字天天挂在大家的口头，因为他是中国全国人的代表。

差不多先生的相貌和你和我都差不多。他有一双眼睛，但看的不很清楚；有两只耳朵，但听得不很分明；有鼻子和嘴，但他对于气味和口味都不很讲究。他的脑子也不小，但他的记性却不很精明，他的思想也不很细密。

他常常说:“凡事只要差不多，就好了。何必太精明呢?”

他小的时候，他妈叫他去买红糖，他买了白糖回来。他妈骂他，他摇摇头说:“红糖白糖不是差不多吗?”

他在学堂的时候，先生问他:“直隶省的西边是哪一省?”他说是陕西。先生说:“错了。是山西，不是陕西。”他说:“陕西同山西，不是差不多吗？”

后来他在一个钱铺里做伙计；他也会写，也会算，只是总不会精细。十字常常写成千字，千字常常写成十字。掌柜的生气了，常常骂他。他只是笑嘻嘻地赔小心道：“千字比十字只多一小撇，不是差不多吗？”

有一天，他为了一件要紧的事，要搭火车到上海去。他从从容容地走到火车站，迟了两分钟，火车已开走了。他白瞪着眼，望着远远的火车上的煤烟，摇摇头道：“只好明天再走了，今天走同明天走，也还差不多。可是火车公司未免太认真了。八点三十分开，同八点三十二分开，不是差不多吗？”他一面说，一面慢慢地走回家，心里总不明白为什么火车不肯等他两分钟。

有一天，他忽然得了急病，赶快叫家人去请东街的汪医生。那家人急急忙忙地跑去，一时寻不着东街的汪大夫，却把西街牛医王大夫请来了。差不多先生病在床上，知道寻错了人；但病急了，身上痛苦，心里焦急，等不得了，心里想道：“好在王大夫同汪大夫也差不多，让他试试看吧。”于是这位牛医王大夫走近床前，用医牛的法子给差不多先生治病。不上一点钟，差不多先生就一命呜呼了。

差不多先生差不多要死的时候，一口气断断续续地说道：“活人同死人也差……差……差不多，……凡事只要……差……差……不多……就……好了，……何……何……必……太……太认真呢？”他说完了这句格言，方才绝气了。

他死后，大家都很称赞差不多先生样样事情看得破，想得通；大家都说他一生不肯认真、不肯算账、不肯计较，真是一位有德行的人。于是大家给他取个死后的法号，叫他做圆通大师。

他的名誉越传越远，越久越大。无数无数的人都学他的榜样。于是人人都成了一个差不多先生。——然而中国从此就成为一个懒人国了。

1924 年 6 月

第四章

心胸壮阔，志向高远

“九一八”致弟弟书

//

萧红

可弟：

小战士，你也做了战士了，这是我想不到的。

世事恍恍惚惚的就过了；记得这十年中只有那么一个短促的时间是与你相处的，那时间短到如何程度，现在想起就像连你的面孔还没有来得及记住，而你就去了。

记得当我们都是小孩子的时候，当我离开家的时候，那一天的早晨，你还在大门外和一群孩子玩着，那时你才是十三四岁的孩子，你什么也不懂，你看着我离开家向南大道上奔去，向着那白银似的满铺着雪的无边的大地奔去。你连招呼都不招呼，你恋着玩，对于我的出走，你连看我也不看。

而事隔六七年，你也就长大了，有时写信给我，因为我的漂流不定，信有时收到，有时收不到，但在收到信中我读了之后，竟看不见你，不是因为那信不是你写的，而是在那信里边你所说的话，都不像是你说的。

这个不怪你，都只怪我的记忆力顽强，我就总记着，那顽皮的孩子是你，会写了这样的信的，会说了这样的话的，哪能够是你。比方说——生活在这边，前途是没有希望，等等。

这是什么人给我的信，我看了非常的生疏，又非常的新鲜，但心里边都不表示什么同情，因为我总有一个印象，你晓得什么，你小孩子，所以我回你的信的时候，总是愿意说一些空话，问一问家里的樱桃树这几年结樱桃多少？红玫瑰依旧开花否？或者是看门的大白狗怎样了？关于你的回信，说祖父的坟头上长了一棵小树。在这样的话里，我才体味到这封信是弟弟写给我的。

但是没有读过你的几封这样的信，我又走了。越走越离得你远了，从前是离着你千百里远，那以后就是几千里了。

而后你追到我最先住的那地方，去找我，看门的人说，我已不在了。

而后婉转的你又来了信，说为着我在那地方，才转学也到那地方来念书。可是你扑空了。我已经从海上走了。

可弟，我们都是自幼没有见过海的孩子，可是要沿着海往南下去了。海是生疏的，我们怕，但是也就上了海船，飘飘荡荡的，前边没有什么一定的目的，也就往前走了。

那时到海上来的，还没有你们，而我是最初的。我想起来一个笑话，我们小的时候，祖父常讲给我们听，我们本是山东人，我们的曾祖，担着担子逃荒到关东的。而我们又将是那个未来的曾祖了，我们的后代也许会在那里说着，从前他们也有一个曾祖，坐着渔船，逃荒到南方的。

我来到南方，你就不再有信来。一年多又不知道你那方面的情形了。

不知多久，忽然又有信来，是来自东京的，说你是在那边念书了。恰巧那年我也要到东京去看看。立刻我写了一封信给你，你说暑假要回家的，我写信问你，是不是想看看我，我大概七月下旬可到。

我想这一次可以看到你了。这是多么出奇的一个奇遇。因为想也想不到，会在这样一个地方相遇的。

我一到东京就写信给你，你住的是神田町，多少多少番。本来你那地方是很近的，我可以请朋友带了我去找你。但是因为我们已经不是一个国度的人了，姐姐是另一国的人，弟弟又是另一国的人。直接的找你，怕与你有什么不便。信写去了，约的是第三天的下午六点在某某饭馆等我。

那天，我特别穿了一件红衣裳，使你很容易的可以看见我。我五点钟就等在那里，因为我在猜想，你如果来，你一定要早来的。我想你看到了我，你多么喜欢。而我也想到了，假如到了六点钟不来，那大概就是已经不在了。

一直到了六点钟没有人来，我又多等了一刻钟，我又多等了半点钟，我想或者你有事情会来晚了的。到最后的几分钟，竟想到，大概你来过了，或者已经不认识我，因为始终看不见你。第二天，我想还是到你住的地方看一趟，你那小房是很小的。有一个老婆婆，穿着灰色大袖子衣裳，她说你已经在月初走了，离开了东京了，但你那房子里还下着竹帘子呢。帘子里头静悄悄的，好像你在里边睡午觉的。

半年之后，我还没有回上海，不知怎么的，你又来了信，这信是来自上海的，说你已经到了上海，是到上海找我的。

我想这可糟了，又来了一个小吉卜西。

这流浪的生活，怕你过不惯，也怕你受不住。

但你说："你可以过得惯，为什么我过不惯。"

于是你就在上海住下了。

等我一回到上海，你每天到我的住处来，有时我不在家，你就在楼廊等着，你就睡在楼廊的椅子上，我看见了你的黑黑的人影，我的心里充满了慌乱。我想这些流浪的年轻人，都将流浪到哪里去，常常在街上碰到你们的一伙，你们都是年轻的，都是北方的粗直的青年。内心充满了力量，你们是被逼着来到这人地生疏的地方，你们都怀着万分的勇敢，只有向前，没有回头。但是你们都充满了饥饿，所以每天到处找工作。你们是可怕的一群，在街上落叶似的被秋风卷着，寒冷来的时候，只有弯着腰，抱着膀，打着寒颤。肚里饿着的时候，我猜得到，你们彼此的乱跑，到处看看，谁有可吃的东西。

在这种情形之下，从家跑来的人，还是一天一天的增加，这自然都说是以往，而并非是现在。现在我们已经抗战四年了。在世界上还有谁不知我们中国的英勇，自然而今你们都是战士了。

不过在那时候，因此我就有许多不安。我想将来你到什么地方去，并且做什么？

那时你不知我心里的忧郁，你总是早上来笑着，晚上来笑着。似乎不知道为什么你已经得到了无限的安慰了。似乎是你所存在的地方，已经绝对的安然了，进到我屋子来，看到可吃的就吃，看到书就翻，累了，躺在床上就休息。

你那种傻里傻气的样子，我看了，有的时候，觉得讨厌，有的时候也觉得喜欢。虽是欢喜了，但还是心口不一地说：“快起来吧，看这么懒。”

不多时就“七七”事变，很快你就决定了，到西北去，做抗日军去。

你走的那天晚上，满天都是星，就像幼年我们在黄瓜架下捉着虫子的那样的夜，那样黑黑的夜，那样飞着萤虫的夜。

你走了，你的眼睛不大看我，我也没有同你讲什么话。我送你到了台阶上，到了院里，你就走了。那时我心里不知道想什么，不知道愿意让你走，还是不愿意。只觉得恍恍惚惚的，把过去的许多年的生活都翻了一个新，事事都显得特别真切，又显得特别的模糊，真所谓有如梦寐了。

可弟，你从小就苍白，不健康，而今虽然长得很高了，仍旧是苍白不健康，看你的读书、行路，一切都是勉强支持。精神是好的，体力是坏的，我很怕你走到别的地方去，支持不住。可是我又不能劝你回家，因为你的心里充满了诱惑，你的眼里充满了禁果。

恰巧在抗战不久，我也到山西去，有人告诉我你在洪洞的前线，离着我很近，我转给你一封信，我想没有两天就可以看到你了。那时我心里可开心极了，因为我看到不少和你那样年轻的孩子，他们快乐而活泼，他们跑着跑着，当工作的时候嘴里唱着歌。这一群快乐的小战士，胜利一定属于你们的，你们也拿枪，你们也担水，中国有你们，中国是不会亡的。因为我的心里充满了微笑。虽然我给你的信，你没有收到，我也没能看见你，但我不知为什么竟很放心，就像见到了你的一样。因为你也是他们之中的一个，于是我就把你忘了。

但是从那以后，你的音信一点也没有的。而至今已经四年了，你到底没有信来。

我本来不常想你，不过现在想起你来了，你为什么不来信。

于是我想，这都是我的不好，我在前边引诱了你。

今天又快到“九一八”了，写了以上这些，以遣胸中的忧闷。

愿你在远方快乐和健康。

三十五年过去了！

//

刘半农

国立北京大学自从创办到现在，已整整三十五年了。我们在校中做事的，读书的，碰到了这样一个大纪念日，自然应当兴高采烈的庆祝一下。

但是，严重的困难还依然严重，国内分裂的现象又已重演于目前，1936年的世界大恐慌，也一天天的紧逼上来。我们处身于这样的局面之中，只须稍稍一想，马上就可以收回了兴高采烈，立时变做了愁眉苦脸。

不错，瞧我们的校徽罢！“北大”两个篆文，外面一道圈子，是不是活画了个愁眉苦脸？

但我并不在这里说笑话。我以为这愁眉苦脸的校徽，正在指示我们应取的态度，应走的道路。我们唯有在愁眉苦脸中生活着，唯有在愁眉苦脸中咬紧了牙齿苦干着，在愁眉苦脸中用沉着强毅的精神挣扎着，然后才可以找到一条光明的出路。要不然，“覆巢之下无完卵”，就是醉生梦死者应得的报应。

瞧瞧欧战以后的德国人罢！他们真能在愁眉苦脸之中蛮干。他们痛苦时只是抬起头来喘口气，喘完了气还是低着头干。而我们呢？在我们的账簿上，只怕除去呼口号，贴标语，开会，游行示威，发通电之外，所余下的也就近于零了罢！

回想三十五年前，清政府因为甲午一役，受了日本人的大挫折，才有开办大学的决议。而大学开办了三十五年，其结果曾不能损及日本人之一草一木，反断送了辽东千里，外加热河一省，这责任当然不能全由大学师生担负，而大学师生回想当年所以开办大学之故，再摸摸自己身上这三十五年中所受到的血渍未干的新创，请问还是应当兴高采烈呢？还是应当愁眉苦脸呢？

当然，我们不能不承认现在的北大已有相当的根底，更不能不承认已往三十五年中的北大已有相当的成绩。我们到国内各处去旅行，几乎没一处不碰到北大的旧同学。这些同学们或做中央的委员部长，或做各省县的厅长局长县长，做大中小学校长教员的更多。他们各以其学问经验用之于所办的事业，自然对于国家各有各的贡献。把这一笔总账算起来，自然也不能不算伟大。所以，若然我们要说一句自为譬慰的话，也就不妨说：要是这三十五年中没有北大，恐怕中国的情形还要更糟。可是这样的话，要是校外的人拿来恭维我们，我们还应当谦逊不遑。要是我们自己这样说，那就是不求上进，没有出息的表征。

我们应当取极严厉的态度责备我们自己。我们应当把已往所得的光荣——若然有的话——看作没有，应当努力找寻自己的耻辱，而力求所以雪耻之道。

我们这学校并不是研究飞机大炮的，所以，我们造不出飞机大炮，并不是我们的耻辱。但是，我们研究自然科学，而我们在自然科学上还没有很重要的发明，那是我们的耻辱。我们研究社会科学，而我们对于本国社会的情状，亦许还没有外国学者调查得清楚，那是我们的耻辱。我们研究本国文史，而我们所考据的东西，亦许有时还不比上外国学者所考据的精确，那是我们的耻辱。

大家都呼号着要雪国耻。我以为国耻应当一部分一部分的雪。做商的应当雪商耻，做工的应当雪工耻，我们头顶三十五年老招牌的北大，应当努力于雪学术耻。

单有坚甲利兵而没有其他种种事业以为其后盾，决不足以立国。我们的职任，既不在于为国家研究坚甲利兵，就应当在我们的本分上做功夫！要是能把本分上的功夫做得好，其功业亦决不在于为国家研究坚甲利兵之下。

前几年，“读书”“救国”两问题的冲突，真闹到我们透气不得。到了今年五月二十二日，这问题就被事实解决了。虽然我们回想到了这样的事实就要心痛，但心痛的结果可以指示出一条我们应步的路，那还不得不认为“塞翁失马，安知非福”。

同学们，同事们，三十五年已经过去了，愁眉苦脸的校徽正在昭示着我们应当愁眉苦脸的去做，我们在今天一天上，自然不妨强为欢笑，兴高采烈，从明天起，就该切切实实，愁眉苦脸去再做上三十五年再说！

1933年12月

彼此

//

林徽因

朋友又见面了，点点头笑笑，彼此晓得这一年不比往年，彼此是同增了许多经验。个别地说，这时间中每一人的经历虽都有特殊的形相，含着特殊的滋味，需要个别的情绪来分析来描述。

综合地说，这许多经验却是一整片仿佛同式同色，同大小，同分量的迷惘。你触着那一角，我碰上这一头，归根还是那一片迷惘笼罩着彼此。七月！——这两字就如同史歌的开头那么有劲——八月，九月带来了那狂风，后来。后来过了年，——那无法忘记的除夕！——又是那一月，二月，三月，到了七月，再接再厉地又到了年夜。现在又是一月二月在开始……谁记得最清楚，这串日子是怎样地延续下来，生活如何地变？想来彼此都不会记得过分清晰，一切都似乎在迷离中旋转，但谁又会忘掉那么切肤的重重忧患的网膜？

经过炮火或流浪的洗礼，变换又变换的日月，难道彼此脸上没有一点记载这经验的痕迹？但是当整一片国土纵横着创痕，大家都是“离散而相失……去故乡而就远”，自然“心婵媛而伤怀兮，眇不知其所蹠”，脸上所刻那几道并不使彼此惊讶，所以还只是笑笑好。口角边常添几道酸甜的纹路，可以帮助彼此咀嚼生活。何不默认这一点：在迷惘中人最应该有笑，这种的笑，虽然是敛住神经，敛住肌肉，仅是毅力的后背，它却是必需的，如同保护色对于许多生物，是必需的一样。

那一晚在××江心，某一来船的甲板上，热臭的人丛中，他记起他那时的困顿饥渴和狼狈，旋绕他头上的却是那真实倒如同幻象，幻象又成了真实的狂敌杀人的工具，敏捷而近代型的飞机：美丽得像鱼像鸟……这里黯然的一掬笑是必需的，因为同样的另外一个人懂得那原始的骤然唤起纯筋肉反射作用的恐怖。他也正在想那时他在××车站台上露宿，天上有月，左右有人，零落如同被风雨摧落后的落叶，瑟索地蜷伏着，他们心里都在回味那一天他们所初次尝到的敌机的轰炸！谈话就可以这样无限制的延长，因为现在都这样的记忆——比这样更辛辣苦楚的——在各人心里真是太多了！随便提起一个地名大家所熟悉的都会或商埠，随着全会涌起怎样的一个最后印象！

再说初入一个陌生城市的一天——这经验现在又多普遍——尤其是在夜间，这里就把个别的情形和感触除外，在大家心底曾留下的还不是一剂彼此都熟识的清凉散？苦里带涩，那滋味侵入脾胃时，小小的冷噤会轻轻在背脊上爬过，用不着丝毫锐性的感伤！也许他可以说他在那夜进入某某城内时，看到一列小店门前凄惶的灯，黄黄的发出奇异的晕光，使他嗓子里如梗着刺，感到一种紧的触觉。你能所记得的却是某一号车站后面黯白的煤气灯射到陌生的街心里，使你心里好像失落了什么。

那陌生的城市，在地图上指出时，你所经过的同他所经过的也可以有极大的距离，你同他当时的情形也可以完全的不相同。但是在这里，个别的异同似乎非常之不相干；相干的仅是你我会彼此点头，彼此会意，于是也会彼此地笑笑。

七月在卢沟桥与敌人开火以后，纵横中国土地上的脚印密密地衔接起来，更加增了中国地域广漠的证据。每个人参加过这广漠地面上流转的大韵律的，对于尘土和血，两件在寻常不多为人所理会的，极寻常的天然质素，现在每人在他个别的角上，对它们都生了莫大亲切的认识。每一寸土，每一滴血，这种话，已是可接触，可把持的十分真实的事物，不仅是一句话一个“概念”而已。

在前线的前线，兴奋和疲劳已掺拌着尘土和血另成一种生活的形体魂魄。睡与醒中间，饥与食中间，生和死中间，距离短得几乎不存在！生活只是一股力，死亡一片沉默的恨，事简单得无可再简单。尚在生存着的，继续着是力，死去的也继续着堆积成更大的恨。恨又生力，力又变恨，惘惘地却勇敢地循环着，其他一切则全是悬在这两者中间悲壮热烈的穿插。

在后方，事情却没有如此简单，生活仍然缓弛地伸缩着；食宿生死间距离恰像黄昏长影，长长的，尽向前引申，像要扑入夜色，同夜融成一片模糊。在日夜宽泛的循回里于是穿插反更多了，真是天地无穷，人生长勤。生之穿插零乱而琐屑，完全无特殊的色泽或轮廓，更不必说英雄气息壮烈成分。斑斑点点仅像小血锈凝在生活上，在你最不经意中烙印生活。如果你有志不让生活在小处窳败，逐渐减损，由锐而钝，由张而弛，你就得更感谢那许多极平常而琐碎的摩擦，无日无夜地透过你的神经，肌肉或意识。这种时候，叹息是悬起了，因一切虽然细小，却绝非从前所熟识的感伤。每件经验都有它粗壮的真实，没有叹息的余地。口边那酸甜的纹路是实际哀乐所刻划而成，是一种坚忍韧性的笑。因为生活既不是简单的火焰时，它本身是很沉重，需要韧性的支持，需要产生这韧性支持的力量。

现在后方的问题，是这种力量的源泉在哪里？决不凭着平日均衡的理智——那是不够的，天知道！尤其是在这时候，情感就在皮肤底下“踊跃其若汤”，似乎它所需要的是超理智的冲动！现在后方被缓的生活，紧的情感，两面摩擦得愁郁无快，居戚戚而不可解，每个人都可以苦恼而又热情地唱“终长夜之曼曼兮，掩此哀而不去”或“宁溘死而流亡兮，不忍为此之常愁”。支持这日子的主力在哪里呢？你我生死，就不检讨它的意义以自大，也还需要一点结实的凭借才好。

我认得有个人，很寻常地过着国难日子的寻常人，写信给他朋友说，他的嗓子虽然总是那么干哑，他却要哑着嗓子私下告诉他的朋友：他感到无论如何在这时候，他为这可爱的老国家带着血活着，或流着血或不流着血死去，他都觉到荣耀，异乎寻常的，他现在对于生与死都必然感到满足。这话或许可以在许多心弦上叩起回响，我常思索这简单朴实的情感是从哪里来的。信念？像一道泉流透过意识，我开始明了理智同热血的冲动以外，还有个纯真的力量的出处。信心产生力量，又可储蓄力量。

信仰坐在我们中间多少时候了，你我可曾觉察到？信仰所给予我们的力量不也正是那坚忍韧性的倔强？我们都相信，我们只要都为它忠贞地活着或死去，我们的大国家自会永远地向前迈进，由一个时代到又一个时代。我们在这生是如此艰难，死是这样容易的时候，彼此仍会微笑点头的缘故也就在这里吧？现在生活既这样的彼此患难同味，这信心自是，我们此时最主要的联系，不信你问他为什么仍这样硬朗地活着，他的回答自然也是你的回答，如果他也问你。

信仰坐在我们中间多少时候了？那理智热情都不能代替的信心！

思索时许多事，在思流的过程中，总是那么晦涩，明了时自己都好笑所想到的是那么简单明显的事实！此时我拭下额汗，差不多可以意识到自己口边的纹路，我尊重着那酸甜的笑，因为我明白起来，它是力量。

话不用再说了，现在一切都是这么彼此，这么共同，个别的情绪这么不相干。当前的艰苦不是个别的，而是普遍的，充满整一个民族，整一个时代！我们今天所叫做生活的，过后它便是历史。客观的无疑我们彼此所熟识的艰苦正在展开一个大时代。所以别忽略了我们现在彼此地点点头。且最好让我们共同酸甜的笑纹，有力地，坚韧地，横过历史。

1939 年 2 月

碰伤

//

周作人

我从前曾有一种计划，想做一身钢甲，甲上都是尖刺，刺的长短依照猛兽最长的牙更加长二寸。穿了这甲，便可以到深山大泽里自在游行，不怕野兽的侵害。他们如来攻击，只消同毛栗或刺猬般的缩着不动，他们就无可奈何，我不必动手，使他们自己都负伤而去。

佛经里说蛇有几种毒，最厉害的是见毒，看见了他的人便被毒死。清初周安士先生注《阴骘文》，说孙叔敖打杀的两头蛇，大约即是一种见毒的蛇，因为孙叔敖说见了两头蛇所以要死了。（其实两头蛇或者同猫头鹰一样，只是凶兆的动物罢了。）但是他后来又说，现在湖南还有这种蛇，不过已经完全不毒了。

我小的时候，看《唐代丛书》里的《剑侠传》，觉得很是害怕。剑侠都是修炼得道的人，但脾气很是不好，动不动便以飞剑取人头于百步之外。还有剑仙，那更利害了，他的剑飞在空中，只如一道白光，能追赶几十里路，必须见血方才罢休。我当时心里祈求不要遇见剑侠，生恐一不小心得罪他们。

近日报上说有教职员学生在新华门外碰伤，大家都称咄咄怪事，但从我这浪漫派的人看来，一点都不足为奇。在现今的世界上，什么事都能有。我因此连带的想起上边所记的三件事，觉得碰伤实在是情理中所能有的事。对于不相信我的浪漫说的人，我别有事实上的例证举出来给他们看。

三四年前，浦口下关间渡客一只小轮，碰在停泊江心的中国军舰的头上，立刻沉没，据说旅客一个都不失少。（大约上船的时候曾经点名报数，有账可查的。）过了一两年后，一只招商局的轮船，又在长江中碰在当时国务总理所坐的军舰的头上，随即沉没，死了若干人。年月与两方面的船名，死者的人数，我都不记得了，只记得上海开追悼会的时候，有一副挽联道："未必同舟皆敌国，不图吾辈亦清流。"

因此可以知道，碰伤在中国实是常有的事。至于完全责任，当然由被碰的去负担。譬如我穿着有刺钢甲，或是见毒的蛇，或是剑仙，有人来触，或看，或得罪了我，那时他们负了伤，岂能说是我的不好呢？又譬如火可以照暗，可以煮饮食，但有时如不吹熄，又能烧屋伤人，小孩们不知道这些方便，伸手到火边去，烫了一下，这当然是小孩之过了。

听说，这次碰伤的缘故由于请愿。我不忍再责备被碰的诸君，但我总觉得这办法是错的。请愿的事，只有在现今的立宪国里，还暂时勉强应用，其余的地方都不通用的了。例如俄国，在一千九百零几年，曾因此而有军警在冬宫前开炮之举，碰的更利害了。但他们也就从此不再请愿了。……我希望中国请愿也从此停止，各自去努力吧。

1921 年 6 月

五月三十一日急雨中

//

叶圣陶

从车上跨下，急雨如恶魔的乱箭，立刻打湿了我的长衫。满腔的愤怒，头颅似乎戴着紧紧的铁箍。我走，我奋疾地走。

路人少极了，店铺里仿佛也很少见人影。哪里去了！哪里去了！怕听昨天那样的排枪声，怕吃昨天那样的急射弹，所以如小鼠如蜗牛般蜷伏在家里，躲藏在柜台底下么？这有什么用！你蜷伏，你躲藏，枪声会来找你的耳朵，子弹会来找你的肉体，你看有什么用？

猛兽似的张着巨眼的汽车冲驰而过，泥水溅污我的衣服，也溅及我的项颈，我满腔的愤怒。

一口气赶到“老闸捕房”门前，我想参拜我们的伙伴的血迹，我想用舌头舔尽所有的血迹，咽入肚里。但是，没有了，一点儿没有了！已经给仇人的水龙头冲得光光，已经给烂了心肠的人们踩得光光，更给恶魔的乱箭似的急雨洗得光光！

不要紧，我想。血曾经淌在这块地方，总有渗入这块土里的吧。那就行了。这块土是血的土，血是我们的伙伴的血，还不够是一课严重的功课么？血灌溉着，血滋润着，将会看到血的花开在这里，血的果结在这里。

我注视这块土，全神地注视着，其余什么都不见了，仿佛自己整个儿躯体已经融化在里头。

抬起眼睛，那边站着两个巡捕：手枪在他们的腰间；泛红的脸上的肉，深深的颊纹刻在嘴的周围，黄色的睫毛下闪着绿光，似乎在那里狞笑。

手枪，是你吗？似乎在那里狞笑的，是你吗？

“是的，是的，就是我，你便怎样！”——我仿佛看见无量数的手枪在点头，仿佛听见无量数的张开的大口在那里狞笑。

我舔着嘴唇咽下去，把看见的听见的一齐咽下去，如同咽一块粗糙的石头，一块烧红的铁。我满腔的愤怒。

雨越来越急，风把我的身体卷住，全身湿透了，伞全然不中用。我回转身走刚才来的路，路上有人了。三四个，六七个，显然可见是青布大褂的队伍，中间也有穿洋服的，也有穿各色衫子的短发的女子。他们有的张着伞，大部分却直任狂雨乱泼。

他们的脸使我感到惊异。我从来没有见到过这么严肃的脸，有如昆仑之耸峙；我从来没有见到过这么郁怒的脸，有如雷电之将作。青年的清秀的颜色退隐了，换上了北地壮士的苍劲。他们的眼睛将要冒出焚烧一切的火焰，抿紧的嘴唇里藏着咬得死敌人的牙齿……

佩弦的诗道：“笑将不复在我们唇上！”用来歌咏这许多张脸正适合。他们不复笑，永远不复笑！他们有的是严肃与郁怒，永远是严肃的郁怒的脸。

青布大褂的队伍纷纷投入各家店铺，我也跟着一队跨进一家，记得是布匹庄。我听见他们开口了，差不多掏出整个的心，涌起满腔的血，真挚地热烈地讲着。他们讲到民族的命运，他们讲到群众的力量，他们讲到反抗的必要；他们不惮郑重叮咛的是“咱们一伙儿”。我感动，我心酸，酸得痛快。

店伙的脸比较地严肃了；他们没有话说，暗暗点头。

我跨出布匹庄。“中国人不会齐心呀！如果齐心，吓，怕什么！”听到这句带有尖刺的话，我回头去看。

是一个三十左右的男子，粗布的短衫露着胸，苍暗的肤色标记他是在露天出卖劳力的。他的眼睛里放射出英雄的光。

不错呀，我想。露胸的朋友，你喊出这样简要精炼的话来，你伟大！你刚强！你是具有解放的优先权者！——我虔诚地向他点头。

但是，恍惚有蓝袍玄褂小髭须的影子在我眼前晃过，玩世的微笑，又仿佛鼻子里轻轻的一声“嗤”。接着又晃过一个袖手的，漂亮的嘴脸，漂亮的衣着，在那里低吟，依稀是“可怜无补费精神”。袖手的幻化了，抖抖地，显出一个瘠瘦的中年人，如鼠的觳觫的眼睛，如兔的颤动的嘴唇，含在喉际，欲吐又不敢吐的是一声“怕……”

我如受奇耻大辱，看见这种种的魔影，我愤怒地张大眼睛。什么魔影都没有了，只见满街恶魔的乱箭似的急雨。

微笑的魔影，漂亮的魔影，惶恐的魔影，我诅咒你们！你们灭绝！你们消亡！永远不存一丝儿痕迹于这块土上！

有淌在路上的血，有严肃的郁怒的脸，有露胸朋友那样的意思，“咱们一伙儿”，有救，一定有救，——岂但有救而已。我满腔的愤怒。再有露胸朋友那样的话在路上吧？我向前走去。依然是满街恶魔的乱箭似的急雨。

1925年5月31日

平常的人

//

杨朔

朝鲜的冬天，三日冷，两日暖。碰上好天，风丝都没有，太阳暖烘烘的，好像春天。头几日，美国侵略军刚从西线败下去，逃难的朝鲜农民零零星星回家来了。家哪还像家！烧的烧，炸飞的炸飞。村后满山的落叶松，烧得焦煳；村旁堆的稻草垛，变成一堆一堆的黑灰。侥幸留下的稻草房子，里边也翻得乱七八糟。农民们老的老，少的少，愁眉不展地清理着破东烂西，也有人赶着收割丢在地里的稻子，连日连夜打着连枷，打完装到草包里去。棉花裂了桃，雪团似的扔在地里，却没人顾得上去摘。

一个晴朗的冬天，我有事经过这样一个劫后的小村，井边上，一位朝鲜老大娘把我拦住。她有四十多岁，白上衣，黑裙子，脚下是一双前尖钩起的小船鞋。她竖起两根指头凑到嘴边上咝了两声，又伸出手说着什么。我猜出她是要烟，掏出半包给她。她乐了，点着头直说谢谢，从井台拿起个草圈搁到头上，顶着一瓦罐子水要走。这当儿，对面山背后翻出三架美国飞机，歪着翅膀，打着旋转过来。急得她对我紧招着手，我就跟她跑到她家的屋檐底下去。她搁下水罐子，呼哧呼哧喘着气，朝飞远的飞机点着指头骂了一句，回身拉开那扇板门，比比划划让我进屋，一下子不知发现了什么事，张着嘴喊起来。

屋后应了一声，一瘸一瘸转出个战士来，穿着套纳成许多道长格子的棉军装，怀里抱着一大抱劈柴。朝鲜老大娘迎上去接过木柴，说的话嘀噜嘟噜串成了串。那战士平平静静笑道："不碍事，不碍事，反正我的伤眼看就好啦，劈点木头也累不坏。"

我一听他会说中国话，指着朝鲜老大娘问道："她是你母亲么？"

那战士慢慢笑道："差得远呢，足有十万八千里！"

我奇怪道："你是朝鲜同志，还是中国同志？"

他反问道："你看我不像个中国人？"

我明白了：这是个中国人民志愿军战士。当时只觉得心里热乎乎的，亲得不行，握住他的手不放。朝鲜老大娘连比带说，叫我们进屋去暖和。那战士拐到门口，脱下鞋，跪着爬进去，脚上也没穿袜子，左脚缠着白布。

朝鲜的住屋，进门就是铺地炕，铺着席子，厨房在旁屋，特别洼，烧水做饭，火通进地炕，烧得挺暖。我脱了鞋进去，朝鲜老大娘也跟进来，跪着坐到那志愿军面前，掏出刚从我这要的烟塞过去。那战士的眼亮了亮，又暗淡下去，推着对方的手说："不行，不行，怎么能叫你破费钱，买烟给我抽！"

我浑身的血苏苏的。想不到朝鲜老大娘伸着手向我讨烟，是为的这个志愿军。我把刚才井台旁的事说了一遍，那战士睁大眼望着我，听完话，低下头叹口气说："唉！咱替朝鲜老百姓做了什么事，人家待咱这样好！"一边拿起支烟。一定是多日没捞着抽了，点着火接连抽了几大口，背靠着墙默不作声。

我细细打量他几眼。他的身材中流流的，四方脸，长眉大眼，上嘴唇刚长出绒毛似的胡子。听他的口音是河南人，脖颈子上有块疤。那一天，当他听说美国土匪在朝鲜放起把火，烧到鸭绿江边，他背上一袋炒面，一个水壶，一张布单，跋山涉水，千里迢迢赶到朝鲜，全身扑到战争的烈火里去，保卫朝鲜的自由，就像保卫自己的祖国一样勇敢。可是，这个寡言寡语的中国人一点不知道他是怎样个人，一点不觉得他做了什么了不起的事，朴朴实实的，当着生人的面还有点腼腆。

我搬着他的左脚问道："你的伤要不要紧？"

他按了按脚心说："没啥！一颗子弹打穿了脚掌子，已经收了口，过两天就好了。"

我又问道："你到朝鲜打了几仗？"

他轻描淡写地说："两仗。第一仗在云山，第二仗在清川江。"

我想引他多讲些自己的战斗经验，他可丝毫不看重那些事，翻过来，覆过去，由着你问，说个三言两语便住嘴了。到头来，我只知道这次战役，他那个班的任务是炸江桥，断绝敌人逃跑的后路。那晚上，他们几个人炸坏了桥，他本人的脚却打伤了。指导员架着他到山沟里去包伤，一颗炮弹把他震昏。等醒过来，发现指导员牺牲在他身边，部队早过了江，胜利地前进了。他从背包上拔出小铁镐，埋了指导员，想去找包扎所，脚痛，站都站不起来，跪着爬了半天，头一晕，又昏过去。赶再苏醒过来，本人已经躺在个山洞里，身旁围着穿白衣裳的朝鲜老百姓，跪在最前面的就是这位老大娘。

现在这位老大娘又像当时那样望着他亲切地笑。提到旁人，也不必我问，那战士话多起来了。他说：“这些老百姓都是逃难逃到山上的，把我救上去，当个宝贝一样看待。他们对我说他们的朝鲜话，我说我的中国话，谁也不懂谁的话，可是谁也能体会谁的意思。老大娘还懂点医理，天天弄些草药给我治伤，也灵，这不眼看就好啦。前几天，他们才把我背回家来。现在我顶急的是找队伍，又不知队伍开到哪去啦？”

他问我，我也说不清楚，光知道附近有所兵站，去打听打听，准可以得到信。又怕他过分心急，劝他道：“你还是好好养伤吧，养好伤，再找队伍也不迟。过两天我一定来看你，帮你找找关系。”

老大娘见我要走，拿胳膊拦着我，嘀噜嘟噜紧说，意思要留我吃饭。那战士欠着身子，眼里露出留恋的神情，嗓音变得很柔和地说：“你走啦！”

我走了，心里可老记着他，第二天午后又去看他。刚进村，老远望见那位老大娘在稻草棚子里抱着碾子棍，正在推碾子。她一见我，撩下碾子棍扑上来，眼里淌着泪，擦眼抹泪地说起来，一面领我到她门口，拉开板门往里一指。屋里不见了那个战士，原先他挂在墙上的干粮袋、步枪也都不在了，我明白是出了事，可又闹不明白究竟是怎么回事。

正在焦急，一位宽袍大袖的朝鲜老先生摇摇摆摆走过来，胸前飘着花白胡子，说着半半截截的汉话道：“那位同志，前边去了。伤不大好，也要去。临走，说是吃了我们的饭，给留下了钱。还说我们对他太好，要去前方多打敌人。不是我们对他好，是你们对我们太好了。”

我听了，鼻子一酸，差一点涌出泪来。当时只觉心里一阵空虚，好像忘了点什么东西。我是忘了点事——我竟没问问那位战士叫什么名字。

老先生叹了口长气，又说：“他真是个好人！我们朝鲜人要记住他的名字，永远永远记住他的名字！”

我急忙问道：“你知道他的名字么？”

老先生说了句话，朝鲜老大娘抹抹眼泪，赶紧从怀里摸出块布，上面是那战士亲手写的名字。

这是个最平常的名字。正是这样平常的人却代表着中国人民最伟大的性格！我翻开笔记本，第一页是毛主席的题字：“为人民服务”。在毛主席的名字下边，我记下一个战士的名字。这个为保卫世界和平而战斗着的中国人民志愿军正在为全世界的人民服务呢。让他的名字永远跟毛主席联在一起吧！

1951 年

离别

郑振铎

一

别了，我爱的中国，我全心爱着的中国。当我倚在高高的船栏上，见着船渐渐的离岸了，船与岸间的水面渐渐的阔了，见着许多亲友挥着白巾，挥着帽子，挥着手，说着 Adieu①，adieu！听着鞭炮劈劈啪啪的响着，水兵们高呼着向岸上的同伴告别时，我的眼眶是润湿了，我自知我的泪点已经滴在眼镜面了，镜面是模糊了，我有一种说不出的感动！

船慢慢的向前驶着，沿途见了停着的好几只灰色的白色的军舰。不，那不是悬着青天白日满地红的国旗的，它们的旗帜是“红日”，是“蓝白红”，是“红蓝条交叉着”的联合旗，是有“星点红条”的旗！

两岸是黄土和青草，再过去是两条的青痕，再过去是地平上的几座小岛山，海水满盈盈的照在夕阳之下，浪涛如顽皮的小童似的跳跃不定。

---

① Adieu：法语词汇，意思是“再见”。

水面上呈现出一片的金光。

别了，我爱的中国，我全心爱着的中国！

我不忍离了中国而去，更不忍在这大时代中放弃每人应做的工作而去，抛弃了许多亲爱的勇士们在后面，他们是正用他们的血建造着新的中国，正在以纯挚的热诚，争斗着，奋击着。我这样不负责任的离开了中国，我真是一个罪人！

然而我终将在这大时代中工作着的，我终将为中国而努力，而呈献了我的身，我的心；我别了中国，为的是求更好的经验，求更好的奋斗的工具。暂别了，暂别了。在各方面争斗着的勇士们，我不久即将以更勇猛的力量加入你们当中了。

当我归来时，我希望这些悬着“红日”的，“蓝白红”的，有“星点红条”的，“红蓝条交叉着”的一切旗帜的白色灰色的军舰都已不见了，代替它们的是我们的可喜爱的悬着我们的旗帜的伟大舰队。

如果它们那时还没有退去中国海，还没有为我们所消灭，那么，来，勇士们！我将加入你们的队中，以更勇猛的力量，去压迫它们，去毁灭它们！

这是我的誓言！

别了，我爱的中国，我全心爱着的中国！

二

别了，我最爱的祖母、母亲、妹妹以及一切亲友们！我没有想到我动身得那么匆促。我决定动身，是在行期前的七天；跑去告诉祖母和许多亲友们，是在行期前的五天。我想我们的别离至多不过是两年、三年，然而我心里总有一种离愁堆积着。两三年的时光，在上海住着是如燕子疾飞似的匆匆滑过去了，然而在孤身栖止于海外的游子看来，是如何漫长的一个时间呀！在倚闾而望游子归来的祖母、母亲们和数年来终日聚首的爱友们看来，又是如何漫长的一个时期呀！祖母在半年来，身体又渐渐的回复康健了，精神也很好，所以我敢于安心远游。要在半年前，我真的不忍与她相别呢！然而当她听见我要远别的消息时，她口里不说什么，还很高兴的鼓励着我，要我保重自己的身体，在外不像在家，没有人细心照应了，饮食要小心，被服要盖得好些，落在床下是不会有人来抬起了；又再三叮嘱着我，能够早回，便早些回来。她这些话是安舒的慈爱的说着的，然而在她慢缓的语声中，在她微蹙的眉尖上，我已看出她是满孕着难告的苦闷与别意。不忍与她的孩子离别，而又不忍阻挡他的前进，这其间是如何的踌躇苦恼、不安！人非铁石，谁不觉此！第二天，第三天，她的筋痛的旧病，便又微微的发作了。这是谁的罪过！行期前一天的晚上，我去向她告别；勉强装出高兴的样子，要逗引开她的忧怀别绪；她也勉强装着并不难过的样子，这还不是她也怕我伤心么？在强装的笑容间，我看出万难遮盖的伤别的阴影。她强忍着呢！以全力忍着呢！母亲也是如此，假定她们是哭了，我一定要弃了我离国的决心，一定的！这夜临别时，我告诉她们说，第二天还要来一次。但是，不，第二天，我决不敢再去向她们告别了。我真怕摇动了我的离国的决心！我宁愿负一次说谎的罪，我宁愿负一次不去拜别的罪！

岳父是真希望我有所成就的，他对于我的离国，用全力来赞助。他老人家仆仆的在路上跑，为了我的事，不知有几次了！托人，找人帮忙，换钱……都是他在忙着。我不知将如何说感谢的话好！然而临别时，他也不免有戚意。我看他扶着箴，在太阳光中忙乱的码头上站着，挥着手，我真的感动得说不出话来。

许多朋友，亲戚……他们都给我以在我预想以上之帮忙与亲切的感觉，这使我更不忍于离别了！

果然如此的轻于言离别，而又在外游荡着，一无成就，将如何的伤了祖母、母亲、岳父以及一切亲友的心呢！

别了，我最爱的祖母以及一切亲友们！

三

当我与岳父同车到商务去时，我首先告诉他我将于21日动身了。归家时，我将这话第二次告诉给箴，她还以为我是与她开开玩笑的。

“哪里的话！真的要这么快就动身么？”

“哪一个骗你，自然是真的，因为有同伴。”

她还不信，摇摇头道：“等爸爸回来问他看。你的话不能信。”

岳父回家，她真的去问了。

“哪里会假的；振铎一定要动身了，只有六七天工夫，快去预备行装！”他微笑的说着。

箴有些愕然了：“爸爸也骗我！”

“并没有骗你，是一点不假的事。”他正经的说道。

她不响了，显然的心上罩了一层殷浓的苦闷。

“铎，你为什么这样快动身？再等几时，8月间再走不好么？”箴的话有些生涩，不如刚才的轻快了。

一天天的过去，我们俩除同出去置办行装外，相聚的时候很少。我每天还去办公，因为有许多事要结束。

每个黄昏，每个清晨，她都以同一的凄声向我说道：“铎，不要走了吧！”

“等到8月间再走不好么？”

我踌躇着，我不能下一个决心，我真的时时刻刻想不走。去年我们俩一天的相离，已经不可忍受了，何况如今是两三年的相别呢？

我真的不想走！

“泪眼相见，觉无语幽咽。”在别前的三四天已经是如此了。每天的早餐，我都咽不下去，心上似有千百重的铅块压着，说不出的难过。当护照没有签好字时，箴暗暗的希望着英、法领事拒绝签字，于是我可以不走了。我也竟是如此的暗暗的希望着。

当许多朋友请我们饯别宴上，我曾笑对他们说道：“假定我不走呢，吃了这一顿饭要不要奉还？”这不是一句笑话，我是真的这样想呢。即在整理行装时，我还时时的这样暗念着：姑且整理整理，也许去不成。

然而护照终于签了字，终于要于第二天动身了。

只有动身的那一天早晨，我们俩是始终的聚首着。我们同倚在沙发上。有千万语要说，却一句也都说不出，只是默默的相对。

箴呜咽的哭了，我眼眶中也装满了热泪。谁能吃得下午饭呢！

码头上，握了手后，我便上船了。船上催送客者回去的铃声已经丁丁的摇着了。我倚在船栏上，她站在岳父身边，暗暗的在拭泪。中间隔的是几丈的空间，竟不能再一握手，再一谈话。此情此景，将何以堪！最后，岳父怕她太伤心了，便领了她先去。那临别的一瞬，她已经不能再有所表示了，连手也不能挥送，只慢慢的走出码头，她的手握着白巾，在眼眶边不停的拭着。我看着她的黄色衣服，她的背影，渐渐的远了，消失在过道中了！

“黯然魂销者唯别而已矣！”

Adieu！ Adieu！

希望几个月之后——不敢望几天或几十天，在国外再有一次“不速之客”的经历。

“别离”，那真不是容易说的！

一种云

//

瞿秋白

天总是皱着眉头。太阳光如果还射得到地面上，也总是稀微的淡薄的。至于月亮，那更不必说，只是偶然露出半面，用他那惨淡的眼光看一看罪孽的人间，这是孤儿寡妇的眼光，眼睛里含着总算还没有流完的眼泪。受过不止一次封禅大典的山岳，至少有大半截是上了天，只留一点山脚给人看。黄河、长江……据说是中国文明的父母，也不知道怎么变了心，对于他们的亲生骨肉，都摆出一副冷酷的面孔。从春天到夏天，从秋天到冬天，这样一年年的过去，淫虐的雨，凄厉的风和肃杀的霜雪更番地来去，一点儿光明也没有。这样的漫漫长夜，已经二十年了。这都是一种云在作祟。那云为什么这样屡次三番地摧残光明？那云是从什么地方来的？这是太平洋上的大风暴吹过来的，这是大西洋上的狂飓吹过来的。还有那些模糊的血肉——榨床底下淌着的模糊的血肉蒸发出来的。那些会画符的人——会写借据，会写当票的人，就用这些符箓在呼召。那些吃泥土的土蜘蛛，——虽然死了也不过只要六尺土地葬他的贵体，可是活着总要吃住这么二三百亩田地，——这些土蜘蛛就用屁股在吐着。那些肚里装着铁心肝铁肚肠的怪物，又竖起了一根根的烟囱在喷着。狂飓风暴吹过来的，血肉蒸发出来的，符箓呼召来的，屁股吐出来的，烟囱喷出来的，都是这种云。这是战云。

难怪总是漫漫的长夜了！

什么时候才黎明呢？

看那刚刚发现的虹。祈祷是没有用的了。只有自己去做雷公公电闪娘娘。那虹发现的地方，已经有了小小的雷电，打开了层层的乌云，让太阳重新照到紫铜色的脸。如果是惊天动地的霹雳——这可只有你自己做了雷公公电闪娘娘才办得到，如果那小小的雷电变成惊天动地的霹雳，那才拨得开满天的愁云惨雾。

梦呓

//

石评梅

一

我在扰攘的人海中感到寂寞了。

今天在街上遇见一个老乞婆，我走过她身边时，她流泪哀告着她的苦状，我施舍了一点。走前未几步，忽然听见后面有笑声，那笑声刺耳的可怕！回头看，原来是刚才那个哭得很哀痛的老乞婆，和另一个乞婆指点我的背影笑！她是胜利了，也许笑我的愚傻吧！我心颤栗着，比逢见疯狗还怕！

其实我自己也和老乞婆一样呢！

初次见了我的学生，我比见了我的先生怕百倍，因为我要在她们面前装一个理想的先生，宏博的学者，经验丰富的老人……笑一天时，回来到夜里总是哭！因为我心里难受，难受我的笑！

对同事我比对学生又怕百倍。因为她们看是轻藐的看，笑是讥讽的笑；我只有红着脸低了头，咽着泪笑出来！不然将要骂你骄傲自大……后来慢慢练习成了，应世接物时，自己口袋里有不少的假面具，随时随地可以调换，结果，有时连自己都不认识自己是谁？

所以少年人热情努力的事，专心致志的工作，在老年人是笑为傻傻的！青年牺牲了生命去和一种相对的人宣战时，胜利了老年人默然！失败了老年人慨着说："小孩子，血气用事，傻极了。"无论怎样正直不阿的人，他经历和年月增多后，你让和一个小孩子比，他自然是不老实不纯真。

冲突和隔膜在青年和老年人中间，成了永久的鸿沟。

世界自然是聪明人多，非常人几乎都是精神病者，和天分有点愚傻的。在现在又时髦又愚傻的自然是革命了，但革命这又是如何傻的事呵！不安分的读书，不安分的作事，偏偏牺牲了时间幸福生命富贵去作那种为了别人将来而抛掷自己眼前的傻事，况且也许会捕捉住坐监牢，白送死呢！因为聪明人多，愚傻人少，所以世界充塞满庸众，凡是一个建设毁灭特别事业的人，在未成功前，聪明人一定以为他是醉汉疯子呢！假使他是狂热燃烧着，把一切思索力都消失了的时候，他的力量是可以惊倒多少人的，也许就杀死人，自然也许被人杀。也许这是愚傻的代价吧！历史上值的令人同情敬慕的几乎都是这类人，而他们的足踪是庸众践踏不着的，这光荣是在血泊中坟墓上建筑着！

唉！我终于和老乞婆一样，我终于是安居在庸众中。

我终于是践踏着聪明人的足踪。我笑得很得意，但哭的也哀痛！

二

世界上懦弱的人，我算一个。

大概是一种病症，没有检查过，据我自己不用科学来判定，也许是神经布得太周密了，心弦太纤细了的缘故。

这是值的卑视哂笑的，假如忠实的说出来。

小时候家里宰鸡，有一天被我看见了，鸡头倒下来把血流在碗里。那只鸡是生前我见惯的，这次我眼泪汪汪哭了一天，哭的母亲心软了，由着我的意思埋了。这笑谈以后长大了，总是个话柄，人要逗我时，我害羞极了！其实这真值的人讪笑呢！

无论大小事只要触着我，常使我全身震撼！人生本是残杀搏斗之场，死了又生，生了再死，值不得兴什么感慨。假如和自己没有关系。电车轧死人，血肉模糊成了三断，其实也和杀只羊一样，战场上堆尸流血的人们，和些蝼蚁也无差别，值不得动念的。围起来看看热闹，战事停止了去凭吊沙场，都是闲散中的消遣；谁会真的挥泪心碎呢！除了有些傻气的人。

国务院门前打死四十余人，除了些年青学生外，大概老年人和聪明人都未动念，不说些“活该”的话已是表示无言的哀痛了。但是我流在和珍和不相识尸骸棺材前的泪真不少，写到这里自然又惹人笑了！傻的可怜吧？

蔡邕哭董卓，这本是自招其殃！但是我的病症之不堪救药，似乎诸医已束手了。我悒郁的心境，惨愁的像一个晒干的橘子，我又为了悸惊的噩耗心碎了！

我愿世界是永远和爱，人和人，物和物都不要相残杀相践踏，众欺寡，强凌弱；但这些话说出来简直是无知识，有点常识的人是能了悟，人生之所进化和维持都是缘乎此。

长江是血水，黄浦江是血水，战云迷漫的中国，人的生命不如蝼蚁，活如寄，死如归，本无什么可兴顾的。但是懦弱的我，终于瞻望云天，颤荡着我的心祷告！

我忽然想到世界上，自然也有不少傻和懦弱如我的人，假如果真也有些眼泪是这样流，伤感是这样深时，世界也许会有万分之一的平和之梦的曙光照临吧！

这些话是写给小孩子和少年人的，聪明的老人们自然不必看，因为浅薄的太可笑了。

谈立志

//

朱光潜

抗战以前与抗战以来的青年心理有一个很显然的分别：抗战以前，普通青年的心理变态是烦闷；抗战以来，普通青年的心理变态是消沉，烦闷大半起于理想与事实的冲突。在抗战以前，青年对于自己前途有一个理想，要有一个很好的环境求学，再有一个很好的职业做事；对于国家民族也有一个理想，要把侵略的外力打倒，建设一个新的社会秩序。这两种理想在当时都似很不容易实现，于是他们急躁不耐烦，失望，以至于苦闷。抗战发生时，我们民族毅然决然地拼全副力量来抵挡侵略的敌人，青年们都兴奋了一阵，积压许久的郁闷为之一畅。但是这种兴奋到现在似已逐渐冷静下去，国家民族的前途比从前光明，个人求学就业也比从前容易，虽然大家都硬着脖子在吃苦，可是振作的精神似乎很缺乏。在学校的学生们对功课很敷衍，出了学校就职业的人们对事业也很敷衍，对于国家大事和世界政局没有像从前那样关切。这是一个很可忧虑的现象，因为横在我们面前的还有比抗敌更艰难的局面，需要更坚决更沉着的努力来应付，而我们青年现在所表现的精神显然不足以应付这种艰难的局面。

如果换个方式来说，从前的青年人病在志气太大，目前的青年人病在志气太小，甚至于无志气。志气太大，理想过高，事实迎不上头来，结果自然是失望烦闷；志气太小，因循苟且，麻木消沉，结果就必至于堕落。所以我们宁愿青年烦闷，不愿青年消沉。烦闷至少是对于现实的欠缺还有敏感，还可以激起努力；消沉对于现实的欠缺就根本麻木不仁，决不会引起改善的企图。但是说到究竟，烦闷之于消沉也不过是此胜于彼，烦闷的结果往往是消沉，犹如消沉的结果往往是堕落。目前青年的消沉与前五六年青年的烦闷似不无关系。烦闷是耗费心力的，心力耗费完了，连烦闷也不曾有，那便是消沉。

一个人不会生来就烦闷或消沉的，因为人都有生气，而生气需要发扬，需要活动。有生气而不能发扬，或是活动遇到阻碍，才会烦闷和消沉。烦闷是感觉到困难，消沉是无力征服困难而自甘失败。这两种心理病态都是挫折以后的反应。一个人如果经得起挫折，就不会起这种心理变态。所谓经不起挫折，就是没有决心和勇气，就是意志薄弱。意志薄弱经不起挫折的人往往有一套自宽自解的话，就是把所有的过错都推诿到环境。明明是自己无能，而埋怨环境不允许我显本领；明明是自己甘心做坏人，而埋怨环境不允许我做好人。这其实是懦夫的心理，对于自己全不肯负责任。环境永远不会美满的，万一它生来就美满，人的成就也就无甚价值。人所以可贵，就在他不像猪豚，被饲而肥，他能够不安于污浊的环境，拿力量来改变它、征服它。

普通人的毛病在责人太严，责己太宽。埋怨环境还由于缺乏自省自责的习惯。自己的责任必须自己担当起，成功是我的成功，失败也是我的失败。每个人是他自己的造化主，环境不足畏，犹如命运不足信。我们的民族需要自力更生，我们每个人也是如此。我们的青年必须先有这种觉悟，个人和国家民族的前途才有希望。能责备自己，信赖自己，然后自己才会打出一个江山来。

我们有一句老话："有志者事竟成。"这话说得很好，古今中外在任何方面经过艰苦奋斗而成功的英雄豪杰都可以做例证。志之成就是理想的实现。人为的事实都必基于理想，没有理想决不能成为人为的事实。譬如登山，先须存念头去登，然后一步一步地走上去，最后才会达到目的地。如果根本不起登的念头，登的事实自无从发生。这是浅例。世间许多行尸走肉浪费了他们的生命，就因为他们对于自己应该做的事不起念头。许多以教育为事业的人根本不起念头去研究，许多以政治为事业的人根本不起念头为国民谋幸福。我们的文化落后、社会紊乱，不就是由于这个极简单的原因么？这就是上文所谓"消沉""无志气"。"有志者事竟成"，无志者事就不成。

不过"有志者事竟成"一句话也很容易发生误解，"志"字有几种意义：一是念头或愿望（wish），一是起一个动作时所存的目的（purpose），一是达到目的的决心（will，determination）。譬如登山，先起登的念头，次要一步一步地走，而这走必步步以登为目的，路也许长，障碍也许多，须抱定决心，不达目的不止，然后登的愿望才可以实现，登的目的才可以达到。"有志者事竟成"的志，须包含这三种意义在内：

第一要起念头；其次要认清目的和达到目的之方法；第三是抱必达目的之决心。很显然的，要事之成，其难不在起念头，而在目的之认识与达到目的之决心。

有些人误解立志只是起念头。一个小孩子说他将来要做大总统，一个乞丐说他成了大阔佬要砍他的仇人的脑袋，所谓“癞蛤蟆想吃天鹅肉”，完全不思量达到这种目的所必有的方法或步骤，更不抱定循这方法步骤去达到目的之决心，这只是狂妄，不能算是立志。世间有许多人不肯学乘除加减而想将来做算学的发明家，不学军事学当兵打仗而想将来做大元帅东征西讨，不切实培养学问技术而想将来做革命家改造社会，都是犯这种狂妄的毛病。

如果以起念头为立志，则有志者事竟不成之例甚多。愚公尽可移山，精卫尽可填海，而世间却实有不可能的事情。我们必须承认“不可能”的真实性。所谓“不可能”，就是俗语所谓“没有办法”，没有一个方法和步骤去达到所悬想的目的。没有认清方法和步骤而想达到那个目的，那只是痴想而不是立志，志就是理想，而理想的理想必定是可实现的理想。理想普通有两种意义，一是“可望而不可攀，可幻想而不可实现的完美”，比如许多宗教都以长生不老为人生理想，它成为理想，就因为事实上没有人长生不老。理想的另一意义是“一个问题的最完美的答案”，或是“可能范围以内的最圆满的解决困难的办法”。比如长生不老虽非人力所能达到，而强健却是人力所能达到的，就人的能力范围来说，强健是一个合理的理想。这两种意义的分别在一个蔑视事实条件，一个顾到事实条件，一个渺茫无稽，一个有方法步骤可循。严格地说，前一种是幻想痴想而不是理想，是理想都必顾到事实。在理想与事实起冲突时，错处不在事实而在理想。我们必须接受事实，理想与事实背驰时，我们应该改变理想。坚持一种不合理的理想而至死不变只是匹夫之勇，只是“猪武”。我特别着重这一点，因为有些道德家在盲目地说坚持理想，许多人在盲目地听。

我们固然要立志，同时也要度德量力。卢梭在他的教育名著《爱弥儿》里有一段很透辟的话，大意是说人生幸福起于愿望与能力的平衡。一个人应该从幼时就学会在自己能力范围以内起愿望，想做自己所能做的事，也能做自己所想做的事。这番话出诸浪漫色彩很深的卢梭尤其值得我们玩味。卢梭自己有时想入非非，因此吃过不少的苦头，这番话实在是经验之谈。许多烦闷、许多失败，都起于想做自己所不能做的事，或是不能做自己所想做的事。

志气成就了许多人，志气也毁坏了许多人。既是志，实现必不在目前而在将来。许多人拿立志远大作借口，把目前应做的事延宕贻误。尤其是青年们欢喜在遥远的未来摆一个黄金时代，把希望全寄托在那上面，终日沉醉在迷梦里，让目前宝贵的时光与机会错过，徒贻后日无穷之悔。我自己从前有机会学希腊文和意大利文时，没有下手，买了许多文法读本，心想到四十岁左右时当有闲暇岁月，许我从容自在地自修这些重要的文字，现在四十过了几年了，看来这一生似不能与希腊文和意大利文有缘分了，那箱书籍也恐怕只有摆在那里霉烂了。这只是一例，我生平有许多事叫我追悔，大半都像这样“志在将来”而转眼即空空过去。“延”与“误”永是连在一起，而所谓“志”往往叫我们由“延”而“误”。所谓真正立志，不仅要接受现在的事实，尤其要抓住现在的机会。如果立志要做一件事，那件事的成功尽管在很远的将来，而那件事的发动必须就在目前一顷刻。想到应该做，马上就做，不然，就不必发下一个空头愿。发空头愿成了一个习惯，一个人就会永远在幻想中过活，成就不了任何事业，听说抽鸦片烟的人想头最多，意志力也最薄弱。老是在幻想中过活的人在精神方面颇类似烟鬼。

我在很早的一篇文章里提出我个人做人的信条，现在想起，觉得其中仍有可取之处，现在不妨趁此再提出供读者参考。我把我的信条叫做“三此主义”，就是此身、此时、此地。一、此身应该做而且能够做的事，就得由此身担当起，不推诿给旁人。二、此时应该做而且能够做的事，就得在此时做，不拖延到未来。三、此地（我的地位，我的环境）应该做而且能够做的事，就得在此地做，不推诿到想象中的另一地位去做。

这是一个极现实的主义。本分人做本分事，脚踏实地，丝毫不带一点浪漫情调。我相信如果我们能够彻底地照着做，不至于很误事。西谚说得好：“手中的一只鸟，值得林中的两只鸟。”许多“有大志”者往往为着觊觎林中的两只鸟，让手中的一只鸟安然逃脱。

第五章

读书是最好的修行

宿命的写作

//

史铁生

“四十而不惑，五十而知天命。”

这话似乎有毛病：四十已经不惑，怎么五十又知天命？既然五十方知天命，四十又谈何不惑呢？尚有不知（何况是天命），就可以自命不惑吗？

斗胆替古人做一点解释：很可能，四十之不惑并不涉及天命（或命运），只不过处世的技巧已经烂熟，识人辨物的目光已经老练，或谦恭或潇洒或气宇轩昂或颐指气使，各类做派都已能放对了位置，天命么，则是另外一码事，再需十年方可明了。再过十年终于明了：天命是不可明了的。不惑截止在日常事务之域，一旦问天命，惑又从中来，而且五十、六十、七老八十亦不可免惑，由是而知天命原来是只可知其不可知的。古人所以把不惑判给四十，而不留到最终，想必是有此暗示。

惑即距离。空间的拓开，时间的迁延，肉身的奔走，心魂的寻觅，写作因此绵绵无绝期。人是一种很傻的动物：知其不可知而知欲不泯。人是很聪明的一种动物：在不绝的知途中享用生年。人是一种认真又倔犟的动物：朝闻道，夕死可也。人是豁达且狡猾的一种动物：游戏人生。人还是一种非常危险的动物：不仅相互折磨，还折磨他们的地球母亲。因而人合该又是一种服重刑或服长役的动物：苦难永远在四周看管着他们。等等等等于是最后：人是天地间难得的一种会梦想的动物。

这就是写作的原因吧。浪漫（不主义）永不过时，因为有现实以“惑”的方式不间断地给它输入激素和多种维他命。

我自己呢，为什么写作？先是为谋生，其次为价值实现（倒不一定求表扬，但求不被忽略和删除，当然受表扬的味道总是诱人的），然后才有了更多的为什么。现在我想，一是为了不要僵死在现实里，因此二要维护和壮大人的梦想，尤其是梦想的能力。

至于写作是什么，我先以为那是一种职业，又以为它是一种光荣，再以为是一种信仰，现在则更相信写作是一种命运。并不是说命运不要我砌砖，要我码字，而是说无论人干什么人终于逃不开那个“惑”字，于是写作行为便发生。还有，我在给一个朋友的信中这样说过：“写什么和怎么写都更像是宿命，与主义和流派无关。一旦早已存在于心中的那些没边没沿、混沌不清的声音要你写下它们，你就几乎没法去想‘应该怎么写和不应该怎么写’这样的问题了……一切都已是定局，你没写它时它已不可改变地都在那儿了，你所能做的只是聆听和跟随。你要是本事大，你就能听到的多一些，跟随的近一些，但不管你有多大本事，你与它们之间都是一个无限的距离。因此，所谓灵感、技巧、聪明和才智，毋宁都归于祈祷，像祈祷上帝给你一次机会（一条道路）那样。”

借助电脑，我刚刚写完一个长篇（谢谢电脑，没它帮忙真是要把人累死的），其中有这样一段："你的诗是从哪儿来的呢？你的大脑是根据什么写出了一行行诗文的呢？你必于写作之先就看见了一团混沌，你必于写作之中追寻那一团混沌，你必于写作之后发现你离那一团混沌还是非常遥远。那一团激动着你去写作的混沌，就是你的灵魂所在，有可能那就是世界全部消息错综无序的编织。你试图看清它、表达它——这时是大脑在工作，而在此前，那一片混沌早已存在，灵魂在你的智力之先早已存在，诗魂在你的诗句之前早已成定局。你怎样设法去接近它，那是大脑的任务；你能够在多大程度上接近它，那就是你诗作的品位；你永远不可能等同于它，那就注定了写作无尽无休的路途，那就证明了大脑永远也追不上灵魂，因而大脑和灵魂肯定是两码事。"卖文为生已经十几年了，唯一的经验是，不要让大脑控制灵魂，而要让灵魂操作大脑，以及按动电脑的键盘。

1995 年 12 月 22 日

我的读书经验

//

蔡元培

我自十余岁起，就开始读书，读到现在，将满六十年了，中间除大病或其他特别原因外，几乎没有一日不读点书的，然而我也没有什么成就，这是读书不得法的缘故。我把不得法的概略写出来，可以为前车之鉴。

我的不得法，第一是不能专心。我初读书的时候，读的都是旧书，不外乎考据、词章两类。我的嗜好，在考据方面，是偏于训诂及哲理的，对于典章名物，是不大耐烦的；在词章上，是偏于散文的，对于骈文及诗词，是不大热心的。然而以一物不知为耻，种种都读，并且算学书也读，医学书也读，都没有读通。所以我曾经想编一部《说文声系义证》，又想编一本《公羊春秋大义》，都没有成书。所为文辞，不但骈文诗词，没有一首可存的，就是散文也太平凡了。到了四十岁以后我始学德文，后来又学法文，我都没有好好儿做那记生字、练文法的苦功，而就是生吞活剥看书，所以至今不能写一篇合格的文章，做一回短期的演说。在德国进大学听讲以后，哲学史、文学史、文明史、心理学、美学、美术史、民族学统统去听，那时候这几类的参考书，也就乱读起来了。后来虽勉自收缩，以美学与美术史为主，辅以民族学，然而他类的书终不能割爱，所以想译一本美学，想编一部比较的民族学，也都没有成书。

我的不得法，第二是不能动笔。我的读书，本来抱一种利己主义，就是书里面的短处，我不大去搜寻它，我只注意于我所认为有用的或可爱的材料。这本来不算坏，但是我的坏处，就是我虽读的时候注意于这几点，但往往为速读起见，无暇把这几点摘抄下来，或在书上做一点特别的记号，若是有时候想起来，除了德文书检目特详，尚易检寻外，其他的书几乎不容易寻到了。我国现虽有人编“索引”“引得”，等等，专门的词典，也逐渐增加，寻检自然较易，但各人有各自的注意点，普通的检目，断不能如自己记的方便。我尝见胡适之先生有一个时期，出门时常常携一两本线装书，在舟车上或其他忙里偷闲时翻阅，见到有用的材料，就折角或以铅笔做记号。我想他回家后或者尚有摘抄的手续。我记得有一部笔记，说王渔洋读书时，遇到新隽的典故或词句，就用纸条抄出，贴在书斋壁上，时时览读，熟了就揭去，换上新得的，所以他记得很多。这虽是文学上的把戏，但科学上何尝不可以仿作呢？我因从来懒得动笔，所以没有成就。

我的读书的短处，我已经经验了许多的不方便，特地写出来，望读者鉴于我的短处，第一能专心，第二能动笔，这一定有许多成效。

售书记

//

郑振铎

嗟食何如售故书，疗饥分得蠹虫余。
丹黄一付绛云火，题跋空传士礼居。
展向晴窗胸次了，抛残午枕梦回初。
莫言自有屠龙技，剩作天涯稗贩徒。

以上是一个旧友的售书诗，这个旧友和我常在古书店里见到。从前，大家都买书，不免带点争夺的情形，彼此有些猜忌。劫中，我卖书，他也卖书，见了面，大家未免常常叹气，谈着从来不会上口的柴米油盐的问题。他先卖石印书，自印的书，然后卖明清刊本的书。

后来，便不常在古书店见到他了。大约书已卖得差不多，不是改行做别的事，便是守在家里不出门。关于他，有种种的传说。我心里很难过，实在不愿意在这里再提起，这是一位在这个大时代里最可惜、残酷的牺牲者。但写下他抄给我的这首诗时，我不能不黯然！

说到售书，我的心境顿时要阴晦起来。谁想得到，从前高高兴兴，一部部，一本本，收集起来，每一部书，每一本书，都有它的被得到的经过和历史：这一本书是从那一家书店里得到的，那一部书是如何的见到了，一时踌躇未取，失去了，不料无意中又获得之；那一部书又是如何的先得到一二本，后来，好容易方才从某书店的残书堆里找到几本，恰好配全，配全的时候，心里是如何的喜悦；也有永远配不全的，但就是那残帙也很可珍贵，古宫的断垣残刻，不是也足以令人流连忘返吗？那一本书虽是薄帙，却是孤本单行，极不易得；那一部书虽是同光间刊本，却很不多见；那一本书虽已收入某丛书中，这本却是单刻本，与丛书本异同甚多；那一部书见于禁书目录，虽为陋书，亦自可贵。至于明刊精本，黑口古装者，万历竹纸，传世绝罕者，与明清史料关系极巨者，稿本手迹，从无印本者，等等，则更是见之心暖，读之色舞。虽绝不巧取豪夺，却自有其争斗与购取之阅历。差不多每一本，每一部书于得之之时都有不同的心境，不同的作用。为什么舍彼取此，为什么前弃今取，在自己个人的经验上，也各自有其理由。譬如，二十年前，在中国书店见到一部明刊蓝印本《清明集》和一部道光刊本“小四梦”，价各百金，我那时候倾囊只有此数，那么，还是购“小四梦”吧。因为我弄中国戏曲史，“小四梦”是必收之书。然而在版本上，或在藏书家的眼光看来，那《清明集》——一部极罕见的古法律书，却是如何的珍奇啊！从前，我不大收清代的文集，但后来觉得有用，便又开始大量收购了。从前，对于词集有偏嗜，有见必收。后来，兴趣淡了些，便于无意中失收了不少好词集。凡此种种，皆寄托着个人的感情。如鱼饮水，冷暖自知。谁想得到，凡此种种，费尽心力以得之者，竟会出以易米吗？谁更会想得到，从前一本本、一部部书零星收得，好容易集成一类，堆做数架者，竟会一捆捆、一箱箱地拿出去卖的吗？我从来不肯好好地把自己的藏书编目，但在出卖的时候，卖书的要先看目录，便不能不咬紧牙关，硬了头皮去编。编目的时候，觉得部部书、本本书都是可爱的，都是舍不得去的，都是对我有用的，然而又不能不割售。摩挲着，仔细地翻看着，有时又摘抄了要用的几节几段，终于舍不得，不愿意把它上目录。但经过了一会儿，究竟非卖钱不可，便又狠了狠心，把它写上。在劫中，像这样的“编目”，不止三两次了。特别在最近的两年中，光景更见困难了，差不多天天都在打“书”的主意，天天在忙于编目。假如天还不亮的话，我的出售书目又要从事编写了。总是先去其易得者，例如《四部丛刊》，百衲本《廿四史》之类。《四部丛刊》连二三编，我在前年，只卖了伪币四万元，百衲本《廿四史》，只卖了伪币一万元。谁想得到，在今年今日，要想再得到一部，便非花了整年的薪水还不够吗？只好从此不做收藏这一类大部书的念头了。最伤心的是，一部石印本《学海类编》，我不时要翻查，好几次书友们见到了，总要怂恿我出卖，我实在舍不得。但最后，却也不得不卖了。卖得的钱，还不够半个月花，然而如今再求得一部，却也已非易了。其后，卖了一大批明本书，再后来，又卖了八百多种清代文集，最后，又卖了好几百种清代总集文集及其他杂书。大凡可卖的，几乎都已卖尽了！所万万舍不得割弃的是若干目录书、词曲书、小说书和版画书。最后一批，拟目要去的便是一批版画书。天幸胜利来得恰如其时，方才保全了这一批万万舍不得去的东西。否则，再拖长了一年半载，恐怕连什么也都要售光了。但我虽然舍不得与书相别，而每当困难的时光，总要打它的主意，实在觉得有点对不起它！如果把积“书”当做了囤货——有些暴发户实在有如此的想头，而且也实在如此地做，听说，有一个人，所囤积的《四部丛刊》便有廿余部——那么，售去倒也没有什么伤心。不幸，我的书都是“有所谓”而收集起来的，这样的一大批一大批地“去”，怎么能不痛心呢？售去的不仅是“书”，同时也是我的“感情”，我的“研究工作”，我的“心的温暖”！当时所以硬了心肠要割舍它，实在是因为“别无长物”可去。不去它，便非饿死不可。在饿死与去书之间选择一种，当然只好去书。我也有我的打算，每售去一批书，总以为可以维持个半年或一年。但物价的飞涨，每每把我的计划全部推翻了。所以只好不断地在编目，在出售；不断地在伤心，有了眼泪，只好往肚里倒流下去。忍着，耐着，叹着气，不想写，然而又不能不一部部地编写下去。那时候，实在恨自己，为什么从前不藏点别的，随便什么都可以，偏要藏什么劳什子的书呢？曾想告诉世人说，凡是穷人，凡是生活不安定的人，没有恒产、资产的人，要想储蓄什么，随便什么都可以，只千万不要藏书。书是积藏来用，来读的，不是来卖的。卖书时的惨楚的心情实在受得够了！到了今天，我心上的创伤还没有愈好；凡是要用一部书，自己已经售了去的，想到书店里去再买一部，一问价，只好叹口气，现在的书已经不是我辈所能购置的了。这又是用手去剥疮疤的一个刺激。索性狠了心，不进书店，也决心不再去买什么书了。书兴阑珊，于今为最。但书生积习，扫荡不易，也许不久还会发什么收书的雅兴吧。

但究竟不能不感谢“书”，它竟使我能够度过这几年难渡的关头。假如没有“书”，我简直只有饿死的一条路走！

为什么要读文学

//

朱湘

科学在英国气焰正盛的时候，提倡科学极力的赫胥黎，他作过一篇文章，《论博习教育》(*On Liberal Education*)，在一个完美的大学课程中，将文学列为一主要的项目；这是值得我们深思的。文学是文化形成中的一种要素——就古代的文化说来，如同中国的，希腊的，文学简直就是文化的代名词。我们不要作已经开化的人，那便罢了，如其要作，文学我们便要读。生为一个中国人，如其，只是就诗来说罢，不曾读过《诗经》里的《国风》，屈原的《离骚》，李白的长短句，杜甫的时事诗，那便枉费其为一个中国人；要作一个世界人，而不能认悉亚吉里士(Achilles)的一怒，犹立西士(Ulysses)的漫游，但丁(Dante)的地狱，莎士比亚的《哈孟雷特》(*Hamlet*)，以及浮士德的契约，那也是永远无望的。在从前的教育中，不仅中国，外国也是一样，文学占了最重要的位置，这种畸重的弊病当然是要蠲除的；不过在如今这个科学横行一世的时代，我们也不能再蹈入畸轻的弊病，我们要牢记着文学在文化中所占有的位置，如同那个科学的向导，赫胥黎，一样。

这是要读文学的第一层理由，完成教育。

人类的情感好像一股山泉，要有一条正当的出路给它，那时候，它便会流为一道灌溉田亩的江河，有益于生命，或是汇为一座气象万千的湖泽，点缀着风景；否则奔放溃决，它便成了洪水为灾，或是积滞腐朽，它便成了蚊蚋、瘴疠、污秽、丑恶的贮藏所。只说性欲罢。舞蹈本是发泄性欲的正道；在中国，乐经久已失传，舞蹈，那种与音乐有密切的关系的艺术，因之也便衰废了，久已不复是一种大众的娱乐了，到了如今，虽是由西方舶来了跳舞，它又化成了一种时髦的点缀品，并不曾，像张竞生先生所希望的那样，恢复到舞蹈的原本的立场，那便是，凭了这种大众的娱乐，在露天的场所，节奏的发泄出人类的身体中所含有的过剩的精力。因此之故，本来是该伴舞的乐声洋溢于全国之内的，一变而为全国的田亩中茂盛着罂粟花，再变而为全国的无大无小的报纸上都充斥着售卖性病药品的广告。

在末期的旧文学中，亦复呈露着类似的现象；浮夸与猥亵，除此之外，还有什么？浮夸岂不便等于向鸦片烟灯上去索求虚亢的兴奋；猥亵的文字，那个俏皮的（x+y）2，岂不是在实质上毫无以异于妓院中猥亵的言词，那个委琐的 x2+2xy+y2？这便是文学离开了正道之时所必有的现象，换一句话说。这便是文学没有指示出正道来让情感去发抒之时所必有的现象。

发抒情感的正道是什么？亚里斯多德所说的 Katharsis 便是中国所说的陶冶性情（在文学方面）与正人心（在音乐方面）；那便是教内在于心

的一切情感发抒于较高的方式之内，同时，因为方式是较高的，这些发抒出了的情感便自然而然的脱离了那种同时排泄出的渣滓，凝炼成了纯粹的，优美的新体。像辜勒律己（Coleridge）的《古舟子咏》内那个赴喜筵的宾客，在听完了舟子的一番自述之后，成为一个愁思增加了，同时智慧也增加了的人那样一个人，在读完了一本文学书以后，也会得有同样的体验——这是说这本书是一本好文学的话。

中国人许久以来对于文学（诗是例外）是轻视的，因之，只有少数的几种情感能在文学中寻得发抒的途径，而这少数之中还有大半是较为低级的情感；这是受了宋代儒家一尊的恶影响，正如欧洲中古时代的文学之所以不盛，是受了当代的罗马教堂的教旨一尊的恶影响那样。战国文学与唐代文学，与希腊文学一样，是不自觉的兴盛起来的；那是文学的青年时代。中国的文学与欧洲的都已经度过了那给青年时代作结束的烦闷期；如今，欧洲文学的壮年时代，由文艺复兴一直到现代，已经是结成壮硕的果了，中国文学的壮年时代则尚在一个花瓣已落，果实仍未长大的期间。要一切的情感都在文学内能寻得优美的发抒的道路，新文学的努力方能成为有意义的，伟大的。一千年来，中国人的情感受尽了缠足之害，以致发育为如今的这种畸形；解放与再生这许多任是较为高级的或是较为低级的情感，再创造一座千门万户的艺术之宫，使得人类的每种内在的情感都愿意脱离了蛰眠的洞穴，来安居于宫殿之上，嬉游于园囿之间，歌唱于庭际房中，拨刺于池上湖内：这种伟大、光荣、而同时是艰难的建设，是要诵读文学的与创作文学的中国人来共勉于事的。

要发抒情感，这所以要读文学的第二层，最重大的一层理由，在中国的现状之内，便附带着有一种先决的工作——那便是，再生起来那蛰伏于中国人的内心中的一切人类所有的情感；这种工作是要读者与作者来分担责任的。

所以要读文学的第三层理由是扩大体验，增长见闻。

一个人的外界体验是极力有限的。不说那种驴子转磨一般的农民，整世之内，便只是粘附在几亩的土地之上；就是拿阅历最广的人来说，他所经验的社会的各相，一比起各种社会的全相来，那也只是九牛一毛。局促于自我经验范围之内，有许多人反而沾沾自喜，那是“夏虫不可以语冰”，由他们去笑冰好了；还有许多人，他们是不甘于自囿的，不过环境与生活牢笼着他们，不容许他们跳出那单调的类型的生活之外。这一般人的好奇心，如其社会不愿意它踏上堕落或是委琐的路，社会最好是让它去在文学之内寻得满足。文学是一切的伟大、奇特、繁复的体验的记载的总和，无论何人，只要识字，便能由文学中取得他的好奇心所渴望的，一个充量的满足——一个优美的充量的满足，远强似那种不道德的去刺探邻家的隐情，远强似那种既不全真亦不甚美的报纸上的新闻。

这种给予好奇心以满足的文学并且是有功于人民福利的增进的。远一点说，狄更司（Dickens）的小说中描写私立学校内的各种腐败，暴虐的实情，引起了社会的以及政府的注意，促成了英国的私立学校的改良；司徒夫人（Stowe）作《黑奴吁天录》，痛陈当时美国的黑奴所受的非人道的待遇，将社会上一般人士对于这个问题的态度由漠视一转而为热烈的同情，以致局部的酿成那次解放黑奴的南北之战。

怎样看书

//

邹韬奋

“自修有许多的困难，这是实在的。但这些困难并不是不能克服的。第一，我们要有决心。

“学校的功课，即使它不是我们所高兴研究的，但我们怕考试不能及格，致不能升级或毕业……不得不勉强读它，至于自修，是没有这种外界的推动力的；是完全出于自动的努力，然而自动的努力所求得的知识，才是我们自己的知识，才能长久的保存着。为要通过考试而读的书，考试一过去，就忘得干干净净了！因受教师之督促而读的书，一离开了学校，就完全抛弃了！只有为自己和出于自己的努力的，才能永续地研究下去……”

这一段话是在《怎样研究新兴社会科学》（柯百年编）一书里面看见的，这似乎是平淡无奇的话，但凡是在社会上服务后感觉到知识上的饥荒的人，对于这几句话想来没有不引起特殊感触的。我们感觉到知识上的饥荒吗，只有下决心，自动地努力于自修，永续地研究下去。一天如至少能勉强抽出时间看一小时的书，普通每小时能看二十页，一年便可看完三四百页一本的书二十几本，四五年便是百余本了，倘能勉强抽出两小时，那就要加倍了。记者最近正在编译《革命文豪高尔基》一书，全书约十五万字。已写完了三分之二，其中最令我感动的是高尔基艰苦备尝中的无孔不钻的看书热，我执笔时常独自一人对着他的故事失笑。

不过看书也要辨别什么书，有的书不但不能使人的思想进步，反而使人思想落伍！有位老友从美国一个著名大学留学回来，他是专研政治学的，有一次来看我很诧异地说道："我近来看到一两本书，里面的理想和见解完全是另一套，和我在学校里所读的完全两样，真是新奇已极！"原来这位仁兄从前所读的都不外乎是为资产阶级捧场或拥护不平等的社会制度的学说，受了充分的麻醉，他的这种"诧异"和"新奇已极"，未尝不是他的幸运，他也许从此可从狗洞里逃出来！

此外关于看书这件事，还有两点可以谈谈。第一点是以我国出版界之幼稚贫乏，能看西文原书的当然愉快，如看译本，糟的实在太多，往往书目很好听，买来看了半天，佶屈聱牙，生吞活剥，莫名其妙！钱是冤花了，时间精神更受了无法追回的莫大的损失，我们要诚恳的希望译书的先生们稍稍为读书的人设身处地想想，就是不能使人看了感到愉快，感到读书之乐，至少也要让人看得懂。第二点是在这个言论思想自由的空调尽管唱得响彻云霄的年头儿，看书也有犯罪的可能，常语谓"书中自有颜如玉"，如今"书中"大可引出"铁窗风味"来！什么时候没有这种蛮不讲理的举动，便是什么时候望见了社会的曙光。

1933 年 1 月

文学的力量

//

夏丏尊

文学的有力量是事实。在几千年前，我们中国就知道拿文学来做移风易俗、改革社会的工具，这用现在的用语来说，就是所谓文艺政策。足见文学的力量，自古就已经大家承认的了。到了现在，因了印刷与交通的进步，识字者的增多，文学的力量愈益加增。我们可以说，文学的力量是非常之大的，只要看《黑奴吁天录》一书使黑奴得到解放，青年人读《少年维特的烦恼》有因而致自杀者，便可以明了。所以文学之有力量已是明白的事实，无须费词。今天所要讲的是以下三点：第一，文学的力量从何而来；第二，文学力量的特点；第三，文学对于读者发生力量需要什么条件。

一、文学的力量从何而来

我以为要讲文学的力量发生，应先讲文学的本身。文学的作品如诗歌小说之类，和“等因奉此”的公文，“天地元黄、宇宙洪荒”的千字文性质不同。文学的特性第一是“具象”。我们平常说话不一定是文学的，但如果用文学的方法来说，便成为文学的了。譬如我们说：“日子过得很快。”这句话语不足称为文学。如果我们要使它文学化，第一就应当使其能够使人感觉到，既是使其具象化。于是我们便说：“流光容易把人抛，红了樱桃，绿了芭蕉。”这样便成为文学的说法了。为什么？因为后边的一句是具象化的：“抛”，“红”，“绿”，“樱桃”，“芭蕉”，都是可用感觉机关来捉摸的事象，比“日子过得很快”的说法有声有色得多。再好像我们听见人家说某某地方打仗，死了很多人。这句话当然使我们感动，但若我们果然亲身到了那个地方，眼睛看见累累的尸身，狰狞可怖，那我们所得的印象一定更深了。可见愈具象的事情愈能使人感动。文学的力量也是同样发生的。通常说，中国人胆子小，爱面子，爱虚荣，因为了这些劣根性，于是中国人到处吃亏。但是只讲我们中国人有这些不良的品性，我们听了感动甚少。经鲁迅氏在《阿Q正传》中，假了名叫阿Q的一个人，加以一番具体的描写，便深刻多了。

文学的力量是从“具象”来的，不具象就没有力量。

文学的特性，第二是情绪的。这情绪也是使文学有力的一个条件。大凡告诉人家一件事情使他去做，有好几种的方法，或是用知识，或是诉之于情感。知识能够使人知道“如此这般”，但是很不容易使人实行。如果用情感就不同了。我们用情感使人做一件事，若是能使对方动情，对方自然便去做了。所谓“情不自禁”者，就是指这现象的话。文学的作品并不告诉人家如何如何，只把客观的事实具象的写下来，使人自己对之发生一种情绪，取得其预期的效果。

以上是讲文学本身发生力量的缘由。次之，文学的力量还可以从文学作者发生。文学作者的敏感，也是使文学有力量的原因。所谓文学作者，便是那些感情和观察力比较常人来得敏捷的写作的人：普通人看不见的，他们能够看见；普通人感觉不到的，他们感觉得到；普通人想不到的，他们也想得到。因为文学作者对于社会、对于事物的观感，比常人特别强，所以社会有变动时，先觉者往往是文学作者。世间事件所含奥秘，一般人往往不能见到，经文学作者提醒以后，方才注意及之。譬如讲到妇女解放问题，最初发动的是文学作者易卜生，他的名剧《娜拉》便是妇女解放的先声。美洲的黑奴解放，普通人都归功于《黑奴吁天录》一书。因为人生很微细的地方，文学作者都能看得到，因而把他的敏感观察得到的东西发挥创作，自然会使人佩服，对读者有力量了。

所以，文学的力量的来源，可以分做两部分，第一从文学本质而来的，由于具象，由于情绪；第二是从文学作者方面来的，便是由于作者的敏感。

二、文学力量的特点

文学的力量是感染的力量，不是教训。教训的力量是带有强迫性的，文学的力量是没有强迫性的，是自由的。

近来常有一种作品，带着浓厚的教训性，露骨地显露着某种的教训。这些作品往往缺乏具象与真实的情绪，与其说是文学作品，不如说是口号的改装。口号是一种号令，具有强烈的强迫性，真正的文学的力量，性质决非如此。文学并非全没教训，但是文学所含的教训乃系诉之于情感。

文学对于世界，显然是负有使命的。文学之收教训的结果，所赖的不是强制力，而是感染力。良师对于子弟，益友对于知己，当施行教训的时候，常极力避用教训的方式，而用感化的方法，结果往往得到更大的功效。文学的力量亦正如此。

三、文学对读者发生力量的条件

文学的力量是不普遍的。文学需要着读者，某作家做了一本小说，如果国内读的人有了一万万，这一万万人也许都受了这本小说的感动，而还有三万万人没读这本小说的，是无法直接感动的。并且，一种文学作品并非对于任何读者都能发生效力。文学作品要对于读者发生效力，其主要条件是作者和读者之间的“共鸣”。作品对于读者有共鸣作用的便有力量，没有共鸣作用便无力量。这共鸣作用因空间时间而不同，因人的思想环境有别而各异。譬如讲失恋故事的作品，在我这个未曾尝过恋爱滋味的人读了，是不甚会发生共鸣的；西洋小说里面讲基督教的部分，在不懂基督教的人看来是不会发生兴趣的。一个作品里所表现的东西常有一般的与特殊的两种，大概描写一般的人性的东西，容易使多数人感动，对多数人发生有力量；至于叙写特殊的境遇的东西，如失恋的痛苦、孤儿的悲哀之类的东西，非孤儿和未曾尝过恋爱的滋味的人看了，感动要比较少。《红楼梦》是一部著名的小说，写林黛玉有许多动人的地方，但是这书在一百年前的闺秀眼中，和在现今的“摩登”小姐眼中，情形便不一样，她们的感受一定不大相同。某种作品有某种读者,《啼笑因缘》的读者和《阿 Q 正传》的读者，根本上是不同的人。

把上面的话归纳起来，就是：文学是有力量的。文学的力量由具象、情绪和作者的敏感而来；文学的力量，其性质是感染的，不是强迫的；文学作品对于读者发生力量，要以共鸣作用为条件。

读书

//

老舍

若是学者才准念书，我就什么也不要说了。大概书不是专为学者预备的；那么，我可要多嘴了。

从我一生下来直到如今，没人盼望我成个学者；我永远喜欢服从多数人的意见。可是我爱念书。

书的种类很多，能和我有交情的可很少。我有决定念什么的全权；自幼儿我就会逃学，愣挨板子也不肯说我爱《三字经》和《百家姓》。对，《三字经》便可以代表一类——这类书，据我看，顶好在判了无期徒刑后去念，反正活着也没多大味儿。这类书可真不少，不知道为什么；也许是犯无期徒刑罪的太多；要不然便是太少——我自己就常想杀些写这类书的人。我可是还没杀过一个，一来是因为——我才明白过来——写这样书的人敢情有好些已经死了，比如写《尚书》的那位李二哥。二来是因为现在还有些人专爱念这类书，我不便得罪人太多了。顶好，我看是不管别人；我不爱念的就不动好了。好在，我爸爸没希望我成个学者。

第二类书也与咱无缘：书上满是公式，没有一个“然而”和“所以”。据说，这类书里藏着打开宇宙秘密的小金钥匙。我倒久想明白点真理，如地是圆的之类；可是这种书别扭，它老瞪着我。书不老老实实的当本书，瞪人干吗呀？我不能受这个气！有一回，一位朋友给我一本《相对论原理》，他说：明白这个就什么都明白了。我下了决心去念这本宝贝书。读了两个“配纸”，我遇上了一个公式。我跟它“相对”了两点多钟！往后边一看，公式还多了去啦！我知道和它们“相对”下去，它们也许不在乎，我还活着不呢？

可是我对这类书，老有点敬意。这类书和第一类有些不同，我看得出。第一类书不是没法懂，而是懂了以后使我更糊涂。以我现在的理解力——比上我七岁的时候，我现在满可以作圣人了——我能明白“人之初，性本善”。明白完了，紧跟着就糊涂了；昨儿个晚上，我还挨了小女儿——玫瑰唇的小天使——一个嘴巴。我知道这个小天使性本不善，她才两岁。第二类书根本就看不懂，可是人家的纸上没印着一句废话；懂不懂的，人家不闹玄虚，它瞪我，或者我是该瞪。我的心这么一软，便把它好好放在书架上；好打好散，别太伤了和气。

这要说到第三类书了。其实这不该算一类；就这么算吧，顺嘴。这类书是这样的：名气挺大，念过的人总不肯说它坏，没念过的人老怪害羞的说将要念。譬如说《元曲》，太炎“先生”的文章，罗马的悲剧，辛克莱的小说，《大公报》——不知是哪儿出版的一本书——都算在这类里，这些书我也都拿起来过，随手便又放下了。这里还就属那本《大公报》有点劲。我不害羞，永远不说将要念。好些书的广告与威风是很大的，我只能承认那些广告作得不错，谁管它威风不威风呢。

“类”还多着呢，不便再说；有上面的三项也就足所证明我怎样的不高明了。该说读的方法。

怎样读书，在这里，是个自决的问题；我说我的，没勉强谁跟我学。第一，我读书没系统。借着什么，买着什么，遇着什么，就读什么。不懂的放下，使我糊涂的放下，没趣味的放下，不客气。我不能叫书管着我。

第二，读得很快，而不记住。书要都叫我记住，还要书干吗？书应该记住自己。对我，最讨厌的发问是：“那个典故是哪儿的呢？”“那句书是怎么来着？”我永不回答这样的考问，即使我记得。我又不是印刷机器养的，管你这一套！

读得快，因为我有时候跳过几页去。不合我的意，我就练习跳远。书要是不服气的话，来跳我呀！看侦探小说的时候，我先看最后的几页，省事。

第三，读完一本书，没有批评，谁也不告诉。一告诉就糟：“嘿，你读《啼笑因缘》？”要大家都不读《啼笑因缘》，人家写它干吗呢？一批评就糟：“尊家这点意见？”我不惹气。读完一本书再打通儿架，不上算。我有我的爱与不爱，存在我自己心里。我爱念什么就念，有什么心得我自己知道，这是种享受，虽然显得自私一点。

再说呢，我读书似乎只要求一点灵感。“印象甚佳”便是好书，我没工夫去细细分析它，所以根本便不能批评。“印象甚佳”有时候并不是全书的，而是书中的一段最入我的味；因为这一段使我对这全书有了好感；

其实这一段的美或者正足以破坏了全体的美，但是我不去管；有一段叫我喜欢两天的，我就感谢不尽。因此，设若我真去批评，大概是高明不了。

第四，我不读自己的书，不愿谈论自己的书。“儿子是自己的好”，我还不晓得，因为自己还没有过儿子。有个小女儿，女儿能不能代表儿子，就不得而知。“老婆是别人的好”，我也不敢加以拥护，特别是在家里。但是我准知道，书是别人的好。别人的书自然未必都好，可是至少给我一点我不知道的东西。自己的，一提都头疼！自己的书，和自己的运气，好像永远是一对儿累赘。

第五，哼，算了吧。

1934 年 12 月

写作杂谈

朱自清

我是一个国文教师，我的国文教师生活的开始可以说也就是我的写作生活的开始。这就决定了我的作风，若是我也可说是有作风的话。我的写作大体上属于朴实清新一路。一方面自己的才力只能作到这地步，一方面也是国文教师的环境教我走这一路。我是个偏于理智的人，在大学里学的原是哲学。我的写作大部分是理智的活动，情感和想象的成分都不多。虽然幼年就爱好文学，也倾慕过《聊斋志异》和林译小说，但总不能深入文学里。开始写作的时候，自己知道对于小说没希望，尝试的很少。那时却爱写诗。不过自己的情感和想象都只是世俗的，一点儿也不能超群绝伦。我只是一个老实人，或一个乡下人，如有些人所说的。——外国文学的修养差，该也是一个缘故。可是我做到一件事，就是不放松文字。我的情感和想象虽然贫弱，却总尽力教文字将它们尽量表达，不留遗憾。我注意每个词的意义，每一句的安排和音节，每一段的长短和衔接处，想多少可以补救一些自己的贫弱的地方。已故的刘大白先生曾对人说我的小诗太费力，实在是确切的评语。但这正是一个国文教师的本来面目。

后来丢开诗，只写些散文；散文对于自己似乎比较合宜些，所以写得也多些。所谓散文便是英语里的“常谈”，原是对“正论”而言；一般人又称为小品文，好似对大品文而言，但没有大品文这名称。散文虽然也叙事、写景、发议论，却以抒情为主。这和诗有相通的地方，又不需要小说的谨严的结构，写起来似乎自由些。但在我还是费力。有时费力太过，反使人不容易懂。如《桨声灯影里的秦淮河》里有一处说到“无可无不可”，有“无论是升的沉的”一句话。升的“无可无不可”指《论语》里孔子的话，所谓“时中”的态度。沉的指一般人口头禅的“无可无不可”，只是“随便”“马虎”的意思。有许多人不懂这“升的沉的”。也许那句话太简了，因而就太晦了。可是太简固然容易晦，繁了却也腻人。我有一篇《扬州的夏日》（在《你我》里），篇末说那些在城外吃茶的人回城去，有些穿上长衫，有些只将长衫搭在胳膊上。一个朋友说穿上长衫是常情，用不着特别叙出。他的话有道理。但这并不由于我的疏忽；这是我才力短，不会选择。我的写作有时不免牵于事实，不能自由运用事实，这是一例。

我的《背影》《儿女》《给亡妇》三篇，注意的人也许多些。《背影》和《给亡妇》都不曾怎样费力写出。《背影》里引了父亲来信中一句话。那封信曾使我流泪不止。亡妇一生受了多少委屈，想起来总觉得对不起她。写《给亡妇》那篇是在一个晚上，中间还停笔挥泪一回。情感的痕迹太深刻了，虽然在情感平静的时候写作，还有些不由自主似的。当时只靠平日训练过的一支笔发挥下去，几乎用不上力量来。但是《儿女》，还有早年的《笑的历史》，却是费了力琢磨成的。就是《给亡妇》，一方面也是一个有意的尝试。那时我不赞成所谓欧化的语调，想试着避免那种语调。我想尽量用口语，向着言文一致的方向走。《给亡妇》用了对称的口气，一半便是为此。有一位爱好所谓欧化语调的朋友看出了这一层，预言我不能贯彻自己的主张。我也渐渐觉得口语不够用。我们的生活在欧化（我愿意称为现代化），我们的语言文字适应着，也在现代化，其实是自然的趋势。所以我又回到老调子。所谓老调子是受《点滴》等书和鲁迅先生的影响。当时写作的青年很少不受这种影响的。后来徐志摩先生，再后来梁宗岱先生、刘西渭先生等，直接受取外国文学的影响，算是异军突起，可是人很少。话说回来，上文说到的三篇文里，似乎只有《背影》是“情感的自然流露”，但也不尽然。《背影》里若是不会闹什么错儿，我想还是平日的训练的缘故。我不大信任“自然流露”，因为我究竟是个国文教师。

国文教师做久了，生活越来越狭窄，所谓“身边琐事”的散文，我慢慢儿写不出了。恰好谢谢清华大学，让我休假上欧洲去了一年。回国后写成了《欧游杂记》和一些《伦敦杂记》。那时真是“身边琐事”的小品文已经腻了，而且有人攻击。我也觉得身边琐事确是没有多大意思，写作这些杂记时便专从客观方面着笔，尽力让自己站在文外。但是客观的描叙得有充分的、详确的知识作根据，才能有新的贡献。自己走马看花所见到的欧洲，加上游览指南里的一点儿记载，实在太贫乏了，所以写出来只是寒碜。不过客观的写作却渐渐成了我的唯一的出路。这时候散文进步了。何其芳先生的创作，卞之琳先生的翻译，写那些精细的情感，开辟了新境界。我常和朋友说笑，我的散文早过了时了。既没有创新的力量，我只得老老实实向客观的描叙的路走去。我读过瑞恰慈教授几部书，很合脾胃，增加了对于语文意义的趣味。从前曾写过几篇论说的短文，朋友们似乎都不大许可。这大概是经验和知识还不够的缘故。但是自己总不甘心，还想尝试一下。于是动手写《语文影》。第一篇登在《中央日报》昆明版的《平明》上，闹了点错儿，挨了一场骂。可是我还是写下去。更想写一些论世情的短文，叫做《世情书》。试了一篇，觉得力量还差得多，简直不能自圆其说似的，只得暂且搁下。我是想写些“正论”或“大品文”，但是小品文的玩世的幽默趣味害我“正”不住我的笔，也得再修养几年。十六年前曾写过一篇《正义》（见《我们的七月》），虽然幼稚，倒还像“正义”，可惜没有继续训练下去。现在大约只能先试些《语文影》。这和《世情书》都以客观的分析为主，而客观的分析语文意义，在国文教师的我该会合宜些。

我的写作的经验有两点也许可以奉献给青年的写作者。一是不放松文字，注意到每一词句，我觉得无论大小，都该从这里入手。控制文字是一种愉快，也是一种本领。据说陀斯妥也夫斯基很不讲究文字，却也成为大小说家。但是他若讲究文字，岂不更美？再说像陀斯妥也夫斯基那样大才力，古今中外又有多少人？为一般写作者打算，还是不放松文字的好。现在写作的青年似乎不大在乎文字。无论他们的理由怎样好听，吃亏的恐怕还是他们自己，不是别人。二是不一定创作，五四以来，写作的青年似乎都将创作当作唯一的出路。不管才力如何，他们都写诗，写散文，写小说戏剧。这中间必有多数人白费了气力，闹得连普通的白话文也写不好。这也是时代如此，当时白话文只用来写论文，写文学作品，应用的范围比较窄。论文需要特殊的知识和经验，青年人办不了，自然便拥挤到创作的路上。这几年白话文应用的范围慢慢儿广起来了，报纸上可以见出。“写作”这个词代替了“创作”流行着，正显示这个趋势。写作的青年能够创作固然很好，不能创作，便该赶紧另找出路。现在已经能够看到的最大的出路，便是新闻的写作。新闻事业前途未可限量，一定需要很多的人手。现在已经有青年记者协会，足见写作的青年已找出这条路。从社会福利上看，新闻的写作价值决不在文艺的写作之下，只要是认真写作的话。

给一位文学青年的公开状

郁达夫

今天的风沙实在太大了，中午吃饭之后，我因为还要去教书，所以没有许多工夫，和你谈天。我坐在车上，一路的向北走去，沙石飞进了我的眼睛。一直到午后四点钟止，我的眼睛四周的红圈，还没有褪尽。恐怕同学们见了要笑我，所以于上课堂之先，我从高窗口在日光大风里把一双眼睛曝晒了许多时。我今天上你那公寓里来看了你那一副样子，觉得什么话也说不出来。现在我想趁着这大家已经睡寂了的几点钟工夫，把我要说的话，写一点在纸上。

平素不认识的可怜的朋友，或是写信来，或是亲自上我这里来的，很多很多。我因为想报答两位也是我素不认识而对于我却有十二分的同情过的朋友的厚恩起见，总尽我的力量帮助他们。可是我的力量太薄弱了，可怜的朋友太多了，所以结果近来弄得我自家连一条棉裤也没有。这几天来天气变得很冷，我老想买一件外套，但终于没有买成。尤其是使我羞恼的，因为恰逢此刻，我和同学们所读的书里，正有一篇俄国郭哥儿著的嘲弄像我们一类人的小说《外套》。现在我的经济状态，比从前并没有什么宽裕，从数目上讲起来，反而比从前要少——因为现在我不能向家里去要钱化，每月的教书钱，额面上虽则有五十三加六十四合一百十七块，但实际上拿得到的只有三十三四块——而我的嗜好日深，每月光是烟酒的账，也要开销二十多块。我曾经立过几次对天的深誓，想把这一笔靡费节省下来，但愈是没有钱的时候，愈想喝酒吸烟。向你讲这一番苦话，并不是因为怕你要问我借钱，先事预防，我不过欲以我的身体来做一个证据，证明目下的中国社会的不合理，以大学校毕业的资格来糊口的你那种见解的错误罢了。

引诱你到北京来的，是一个国立大学毕业的头衔，你告诉我说，你的心里，总想在国立大学弄到毕业，毕业以后至少生计问题总可以解决。现在学校都已考完，你一个国立大学也进不去，接济你的资金的人，又因他自家的地位摇动，无钱寄你，你去投奔你同县而且带有亲属的大慈善家 H，H 又不纳，穷极无路，只好写封信给一个和你素不相识而你也明明知道是和你一样穷的我，在这时候这样的状态之下，你还要口口声声的说什么“大学教育”，“念书”，我真佩服你的坚忍不拔的雄心。不过佩服虽可佩服，但是你的思想的简单愚直，也却是一样的可惊可异。现在你已经是变成了中性——半去势的文人了，有许多事情，譬如说高尚一点的，去当土匪，卑微一点的，去拉洋车等事情，你已经是干不了的了，难道你还嫌不足，还要想穿几年长袍，做几篇白话诗，短篇小说，达到你的全去势的目的么？大学毕业，以后就可以有饭吃，你这一种定理，是哪一本书上翻来的？

像你这样一个白脸长身，一无依靠的文学青年，即使将面包和泪吃，勤勤恳恳的在大学窗下住它五六年，难道你拿毕业文凭的那一天，天上就忽而会下起珍珠白米的雨来的么？

现在不要说中国全国，就是在北京的一区里头，你且去站在十字街头，看见穿长袍黑马褂或哔叽旧洋服的人，你且试对他们行一个礼，问他们一个人要一个名片来看看，我恐怕你不上半天，就可以积起一大堆的什么学士，什么博士来，我若再行一个礼，问一问他们的职业，我恐怕他们都要红红脸说，“兄弟是在这里找事情的。”他们是什么？他们都是大学毕业生吓。你能和他们一样的有钱读书么？你能和他们一样的有钱买长袍黑马褂哔叽洋服么？即使你也和他们一样的有了读书买衣服的钱，你能保得住你毕业的时候，事情会来找你么？

大学毕业生坐汽车，吸大烟，一攫千金的人原是有的。然而他们都是为新上台的大佬经手减价卖职的人，都是大刀枪在后面援助的人，都是有几个什么长在他们父兄身上的人，再粗一点说，他们至少也都是爬乌龟钻狗洞的人，你要有他们那么的后援，或他们那么的乌龟本领，狗本领，那么你就是大学不毕业，何尝不可以吃饭？

我说了这半天，不过想把你的求学读书，大学毕业的迷梦打破而已。现在为你计，最上的上策，是去找一点事情干干。然而土匪你是当不了的，洋车你也拉不了的，报馆的校对，图书馆的拿书者，家庭教师，看护男，门房，旅馆火车菜馆的伙计，因为没有人可以介绍，你也是当不了的——我当然是没有能力替你介绍——所以最上的上策，于你是不成功的了。其次你就去革命去吧，去制造炸弹去吧！但是革命是不是同割枯草一样，用了你那裁纸的小刀，就可以革得成的呢？炸弹是不是可以用了你头发上的灰垢和半年不换的袜底里的腐泥来调和的呢？这些事情，你去问上帝去吧！我也不知道。

比较上可以做得到，并且也不失为中策的，我看还是弄几个旅费，回到湖南你的故土，去找出四五年你不曾见过的老母和你的小妹妹来，第一天相持对哭一天，第二天因为哭了伤心，可以在床上你的草窠里睡去一天，既可以休养，又可以省几粒米下来熬稀粥。第三天以后，你和你的母亲妹妹，若没有衣服穿，不妨三人紧紧的挤在一处，以体热互助的结果，同冬天雪夜的群羊一样，倒可以使你的老母不至冻伤，若没有米吃，你在日中天暖一点的时候，不妨把年老的母亲交付给你妹妹的身体烘着，你自己可以上村前村后去掘一点草根树根来煮汤吃。草根树根里也有淀粉，我的祖母未死的时候，常把她老人家尝过的这滋味说给我听，我所以知道。现在我既没有余钱，可以赠你，就把这秘方相传，作个我们两位穷汉，在京华尘土里相遇的纪念吧！若说草根树根，也被你们的督军省长师长议员知事掘完，你无论走往何处再也找不出一块一截来的时候，那么你且咽着自家的口水，同唱戏似的把北京的豪富人家的蔬菜，有色有香的说给你的老母亲小妹妹听听，至少在未死前的一刻半刻钟中间，你们三个昏乱的脑子里，总可以大事铺张的享乐一回。

但是我听你说，你的故乡连年兵燹，房屋田产都已毁尽，老母弱妹也不知是生是死，五年来音信不通，并且现在回湖南的火车不开，就是有路费也回去不得，何况没有路费呢？

上策不行，次上中策也不行，现在我为你实在是没有什么法子好想了。不得已我就把两个下策来对你讲吧！

第一，现在听说天桥又在招兵，并且听说取得极宽，上自五十岁的老人起，下至十六七岁的少年止，一律都收，你若应募之后，马上开赴前敌，打死在租界以外的中国地界，虽然不能说是为国效忠，也可以算得是为招你的那个同胞效了命，岂不是比饿死冻死在你那公寓的斗室里，好得多么？况且万一不开往前敌，或虽开往前敌而不打死的时候，只教你能保持你现在的这种纯洁的精神，只教你能有如现在想进大学读书一样的精神来宣传你的理想，难保你所属的一师一旅，不为你所感化。这是下策的第一个。

第二，这才是真真的下策了！你现在不是只愁没有地方住没有地方吃饭而又苦于没有勇气自杀么？你的没有能力做土匪，没有能力拉洋车，是我今天早晨在你公寓里第一眼看见你的时候，已经晓得的。但是有一件事情，我想你还能胜任的，要干的时候一定是干得到的。这是什么事情呢？啊啊，我真不愿意说出来——我并不是怕人家对我提起诉讼，说我在嗾使你做贼，啊呀，不愿意说倒说出来了，做贼，做贼，不错，我所说的这件事情就是叫你去偷窃呀！

无论什么人的无论什么东西，只教你偷得着，尽管偷吧！偷到了，不被发觉，那么就可以把这你偷自他，他抢自第三人的，在现在的社会里称为赃物，在将来进步了的社会里，当然是要分归你有的东西，拿到当铺——我虽然不能为你介绍职业，但是像这样的当铺却可以为你介绍几家——里去换钱用。万一发觉了呢？也没有什么。第一你坐坐监牢，房钱总可以不付了。第二监狱里的饭，虽然没有今天中午我请你的那家馆子里的那么好，但是饭钱是可以不付的。第三或者什么什么司令，以军法从事，把你枭首示众的时候，那么你的无勇气的自杀，总算是他来代你执行了，也是你的一件快心的事情，因为这样的活在世上，实在是没有什么意思。

我写到这里，觉得没有话再可以和你说了，最后我且来告诉你一种实习的方法吧！

你若要实行上举的第二下策，最好是从亲近的熟人方面做起。譬如你那位同乡的亲戚老 H 家里，你可以先去试一试看。因为他的那些堆积在那里的财富，不过是方法手段不同罢了，实际上也是和你一样的偷来抢来的。你若再慑于他的慈和的笑里的尖刀，不敢去向他先试，那么不妨上我这里来作个破题儿试试。我晚上卧房的门常是不关，进出很便。不过有一件缺点，就是我这里没有什么值钱的物事。但是我有几本旧书，却很可以卖几个钱。你若来时，最好是预先通知我一下，我好多服一剂催眠药，早些睡下，因为近来身体不好，晚上老要失眠，怕与你的行动不便。还有一句话——你若来时，心肠应该要练得硬一点，不要因为是我的书的原因，致使你没有偷成，就放声大哭起来——

第六章

慢慢走，欣赏啊

回归自然

//

史铁生

所谓“回归自然”，到底什么意思？尤其涉及精神或心性，“自然”究竟是指怎样一种状态？是说“人一思考上帝就发笑”，唯无思无念、随遇而安才算自然吗？可人生来就有其代谢机制，又有其感知系统，既是一套生理结构，又是一种精神存在，启动一半关闭一半，难道不是违背自然，倒算回归？

“人一思考上帝就发笑”，怎么不好？设若人不思考，上帝也不发笑，这茫茫宇宙可还有什么活气儿？或者是人在思考，上帝那边毫无动静，难道不扫兴？再或者，人不思考，唯上帝独自发笑，那岂不更吓人？在我想，人一思考上帝就发笑，上帝一发笑人便继续思考，于是乎宇宙生气勃勃，一条人生路也才趣味盎然，这有多好！上帝的笑绝无恶意，那既是欣慰于人类的不屈不挠，又是对其难免的幼稚忍俊不禁。

上帝是怎样创造世界的？先是分开光明与黑暗，然后分开天地，分开日月星辰，分开植物与动物，最后分离出人……这样一步一步分开，明显是促成着观察与思考：先是廓清视野——给出相对的确定性；然后拓展时空——保证恒久的延续性；再使物种丰繁——有足够的复杂度；继而推出能够迁移的物类——使复杂保持动态；最后是人——不单能够迁移，还能够观察、思考，不单观察和思考他者，还要自我反观与反省。想来，“回归自然”绝不是说一步步再倒退回去吧。

那么，违背自然者何？真可谓千姿百态，不胜枚举。比如说，清晨，一半裸女子瑟缩于敞开的衣柜前，长吁短叹，愁眉不展，几十套衣裙中竟挑不出一件让她满意的——这如果是一幅摄影作品，标题就叫作《后现代匮乏》吧。再比如一头牛，在遥远的乡间长大，被健硕的屠夫宰割，空运海运地来城市，请衣冠楚楚的官员检疫，由四季冬装的工人冷藏，再经一灰头土脸的司机运到餐馆，便有技艺非凡的厨师把它变成佳肴，又有优雅的侍者把它送上餐桌，于鲜花美酒间听些闲话，而后“咵嚓”一声原封不动地就进了垃圾箱……这事儿我总琢磨，外星人会怎样理解——地球人就这么个玩法？还有抑郁症，古人或看那是天赋异禀吧：没人招他没人惹他也没人帮他，不会儿工夫他就能把自己弄得面目全非——面色青苍，呼吸紧促，神情恍而惚之，周身僵且硬也。检查吧，没毛病；谈谈吧，啥也懂。这对唯物主义是个打击，单凭某种“意念”就能做这么大的功。再说装修，劳心劳力的总该是为了住得更舒适吧，倒有人把家改建成了“毒气室”。还有防盗门和护窗栏，以往都是把贼人投入牢笼，怎么现在好人倒坐进了铁门和铁窗？科学发达、经济发展、文明进步，原都是为人谋幸福的，结果怎会这样？水也不够用了，空气也不可靠了，土地也板结了、沙化了，虽说处处都已机械化、电器化、信息化了，怎么人倒弄得更紧张、更焦灼、更抑郁了？若仅从结果推断动机，你肯定不会想到自虐狂吗？

也甭说哪国哪民，整个人类都像是走错了道儿，是得想想如何回归自然了。但人是在哪一步上开始背离自然的呢？

还说那句话吧——“人一思考上帝就发笑”，这是劝人不要思考，还是抱怨上帝不该发笑？是说上帝一发笑人就该闹情绪呢，还是说人一思考，上帝就得“啦啦队”似的为他叫好？人真是得不断温习上帝对约伯说过的那个意思：我创造世界的时候你在哪儿？看来人的背离自然，起因就在信仰的两路歧途：一是执迷于无苦无忧，一是妄想着全知全能。

细细想来，“无苦无忧”的极致莫过于一块无知无觉的石头，而欲“全知全能”者则难免弄些偶像出来，甚至自命为神。要做石头的就让他做石头去吧，只要不强迫别人也做石头。要做神明的可不敢就让他做了神明，他要把人人都当石头来安排。人，永远是这星球（或宇宙）的一部分，局部的无限扩张能是什么结果？癌变而已。癌，即局部不可阻挡的扩张，看样子也是想全知全能，结果办不到，却扰乱了内分泌——有点儿像生态系统——的平衡，破坏了五脏六腑——有点儿像社会结构——的和谐，最终毁灭了整体顺带也毁灭了自己。

或许，上帝正是以其笑声告诉我们何为“回归自然”吧：既知自己乃上帝全部作品之一微弱局部，永远别指望全知全能；又不可放弃思考，尤其是要思考：这一微弱的局部，如何在一条永恒的路上行走。

2008 年 6 月 5 日

升学与就业

//

茅盾

暑假到了，又有几万个青年人从中学校里毕业出来，在“升学”呢，或“就业”呢，这两岔路口徘徊了。

有钱有势人家的子弟，自然无所用其“徘徊”。挟了饱满的钱袋——虽然不饱满的是他的书包，他照样可以“升学”，反正学校就好比“游戏场”，混上三年五载，出来时便是“学士”“硕士”，就有钻谋差使的资格。说不定他的父母早已给他准备好什么拿钱不办事的好位置了。

很为难的是中等人家出身的中学生。翻开报纸一看，满眼是中等以上学校招生的广告，但是满报纸的夹缝里却又影影绰绰刊满了九个大字：知识分子失业的恐慌。而这些知识分子又多半是曾经“升学”过来的呀！

有些贤明的父母把很大的希望放在儿女身上，觉得中学毕业生简直是“郎勿郎，秀勿秀”①，于是多方省俭，甚至借贷，使儿女“升学”。他们自然以为将来方帽子一上头，职业就有把握了。然而这样的希望毕竟比“航空奖券”的头彩有多少把握，那也只有天晓得罢哩！

照普通的情形说，中等人家的子弟在中学毕业后，对于“升学”与“就业”的问题往往走了这样的“连环套”：

中学毕业了，因为无业可就，姑且“升学罢”；所以今日之“升学”即为他日之“就业”着想；然而今日拿出钱去“升学”，或可易如反掌，他日要“就业”而拿进钱来，竟至难如上天了，于是大学毕了业以后就真真成为无业，或者甚至于长期失业了。

依这情形，所谓“升学”也者，实在也就是“就业”的意味。大抵十个中学生内至少有九个的“升学”是含了这样的“就业”意味的。因而一般中学生的“升学”或“就业”的问题只是一个问题：谋生！

然而青年人的知识欲是强烈的，幻想是丰富的，所以问题的核心即使只是个“生计问题”，而问题的外层却很复杂——强烈的知识欲和美满的幻想，一层一层交错包围着；于是乎青年人在中学毕业后往往是非常烦恼地面对着这“升学”或“就业”问题了。

大而言之，这是一个严重的社会问题。在现社会一切不合理的状态尚未纠正以前，这个问题是无法解决的。但是有志气有魄力的青年也犯不着为这问题哭丧着脸终天发闷。我们敢为可爱的青年进一解，我们应拿高尔基的青年时代的经验来看一看罢。

① “郎勿郎，秀勿秀”：郎，明代对地位低贱者的称呼。秀，元、明时对高贵或有钱有势者的称号。不低贱也谈不上高贵，比喻人的地位或境况很一般。

高尔基是连中学都没有进过的，他自修到了中学的程度，十五岁那年，他忽然想到加桑[①]去进大学。但要进学校，第一要紧的还是钱。高尔基没有钱，大学进不成，就流落在加桑；他做码头上的小工，他又做过小小的面包店里的学徒……这些，都是“业”，不是“学”，然而后来高尔基自己说：“这，我就是进了大学校了！”

学问并不一定要在学校中才有，才能学到。高尔基就是一个例。不过千万不要误会光在码头上面包店里混，就会学问长进。高尔基那时也靠了自修。他一方面谋生，一方面还是“手不释卷”地自修。

并且千万不要误会我们引高尔基的故事是在暗示中学生诸君都去做“文豪”。这里，不过举一个例子：因为高尔基是想进大学的，但结果是做工，而且他自己后来又说，“这，我就是进了大学校了”——这句话，刚好对于“升学”或“就业”这问题给了个很“幽默”的解答。实际上，中外古今有不少伟大的事业家都不是“学校”“科班”出身，甚至科学家也有从没进过什么理工科大学的！

何必哭丧着脸呢？“升学”或“就业”这问题犯不着叫你烦恼！进了职业界，同样也还可以自修，只要自己意志坚强。可是还有一句话：假使有一位中学毕业生决心要“就业”了，而又脱不下自己的竹布长衫（假定他找不到穿长衫的职业），于是失业，于是怨天尤人，于是垂头丧气，那么，自然又当别论，而我们上面的那些话他也一定听不进耳朵。对于这样的青年，我们只能引用一句俗语：“做过三年当铺朝奉，出来卖油条都不行呀！”

---

① 加桑：通译喀山。

我们以为有骨气的青年人决不会做了几年中学生就弄成了一个“公子哥儿”。在必要的时候，他那件竹布长衫可以脱掉，而且脱掉了竹布长衫后，他依然不忘记自修。在这样的青年人，“升学”或“就业”，都不成问题了！

1934 年 6 月

清音

冯沅君

一

十时改乘正太车西行，雨益大，雾益厚。凭窗望去，只见远山近村都隐入虚无缥缈的境界，依稀古代神话中所说的阆苑蓬岛。这种迷离惝恍的景物，在自然的美中最称蕴藉，较之天朗气清时所见者，格外美妙。沿道多植杨柳，长条婆娑，把它们上面的水珠送到我们的襟袖间，顿添了无限凉意。车上烟囱所喷的烟气缭绕于道侧林木间，云雾似的把它们上下隔绝；行人到此，也自疑置身云端，学古列子御风而行。行愈西，山愈深，两崖土石皆作赭色，至娘子关附近始作青色。在这些岩崖上，多有碧藤绿萝、野花、小草来点缀，甚至倒垂下来，宛如峰峦的流苏。由石家庄到太原，因必横贯太行山脉，故铁道率随山旋转；有时车行两悬崖间，石树掩蔽，不见日影；有时蛇行绝壁侧，旁临深壑。壑中溪流泠泠成韵，绝壁则拔地参天，使人望而生畏。娘子关附近，风物尤奇妙。山势既较他处峻险，溪水亦异常曲折澄澈。崖岸绿树倒垂，掩映溪面，水光树色，幻成一片碧琉璃。其遇乱石阻迸时，即变为急湍，浪花怒溅，如冰凿雪积，农人就急湍作水打磨，茅亭翼然临水上，亦饶致趣。或有三五行人，骑驴乱流而渡，水鸟即骞然掠波飞去。……

二

到孝感时，天忽下雨了，但这阵微雨却使自然的美增色不少。我爱雨，赞美雨。我以为无论什么景物，在太阳的强烈的光线下，总有几分太清晰，太现实，给我们的视觉的刺激太强；这种过分的刺激，只能使人由疲倦而厌恶；只有阴雨时或晚间，一切景物的色调都暗淡了，甚或轮廓也迷离了，我们的心弦便也因之弛缓下去。在此外静内闲的境地，我们可以微微的喜悦，轻轻的惆怅，悠然，怡然，物我都冥合了，都诗化了。简单的说，日光下的景物是散文的，只能使我们兴奋；雨中月下的景是诗的，它能使我们遐想、幽思。转就实际说罢，你看那些田间的农人们，他们都披着蓑衣，戴雨帽，伛偻着插秧或薅草；这样奇怪的雨帽，连他们的头和身子都遮着了。他们的目前憧憬着来日的千仓万箱的收获，哪顾及现在的斜风细雨。他们对于职务这样的忍耐，他们的态度这样的闲暇，他们的生活这样的和真美的自然接近，这样的诚朴的静美，岂是纸迷金醉的都市人所能领略其万一。

三

潇潇梅雨，滔滔浊流，我们携着半湿的行李由汉口渡江到武昌去。汉口的洋楼，武昌的城堞，汉阳的烟树，四望都是迷离，迷离；自身所切实感到的，只有颠簸不已的舟儿，入舱扑人的风雨，船首船尾，前仆后继，与天相接的波涛。这是江心呀！危险而雄壮的江心！

四

我在个旅馆里养病，旅馆作病院听来未免离奇，但就实际上论，这个所在确可以养病。它的后面有座小花园，据说是当代某诗人所建造的。园内有方的鱼池，有面面玲珑的水榭，有矮松或冬青之类夹植在小道边，有矮树所围成的圃内，有太湖石，有芭蕉、玫瑰等。园的四周除一面是墙外，余皆精雅的小斋、轩敞的大厅和水榭。我住的房子是坐东向西的小斋。房内粗粗有几样家具。窗外的席棚，可遮蔽回光返照的太阳。由窗南望可见水榭的北面，北望可见隔墙的柳树，西望便是大厅。这些榭和斋虽未必全是空的，但这些住客似都深居简出，纵然有时望见了对面廊下的客人，也因为院子太寥廓之故，觉得他们如在天末，是和我不相干的。在这里，嘈杂的市声固然难听到，就是旅馆前部唱戏声、拉弦子声、呼唤茶房声，……似也震动不破这园内的寂静的场面。这种地僻境幽、窗明几净的所在，固然宜于养病，但同时它也擅于酝酿寂寞。我一个人静静的坐一刻，昏昏的睡一刻，看着成盘的香一圈一圈的烧成了灰，窗上的日影渐渐由斜而正，由正而斜，还不看见一个相识的面孔。听不见一声熟悉的语言。这个沉没在寂寞的海中的我，早将平日厌恶喧哗的性儿消磨净尽，渴望着朋友们来探问；我不要挚友，不要成群的来，不要他多说话，只要个相识的人的一颦一笑。

五

“春水碧于天”，“一池春水碧于罗”，江南的水本自可爱，但西湖的水又似与江南他水不同。她的颜色是那样绿，绿而有光泽；她的波面是那样平静，逶逶迤迤，说不尽的温柔闲适。她仿佛位大家闺秀，虽有些不遂心，也不对人使脾气，不过眉黛轻颦而已，而这种轻颦的姿态，却能增进她的温柔。啊，“春慵恰似春塘水，一片縠纹愁，溶融泄泄，东风无力，欲皱还休。”这种细腻风光的妙语，虽非为西湖而写，却写出西湖的灵魂了。

六

到葛岭时，天已黄昏了，暗中攀登，勉强走到抱扑庐前。他人到葛岭观日出，我们却在此观灯火中的杭州。西湖诸山林木甚繁盛，葛岭的树尤多。黄昏中由树叶隙里远望灯火辉煌的彼岸，一灯如一明珠；这些明珠缀成的有璎珞，有游龙，有宝塔……

七

饭后放舟湖中，到平湖秋月去。是时月刚从东方升起，尚未到中天，清辉斜射湖面，漾成一道金光，涟漪微动，金光也因之忽聚忽散。平湖秋月只是湖中一个小岛，岛上几椽小楼，破敝得仅蔽风雨。若白昼来游，恐怕人人都要望望然而去之。可是清夜来此玩月，确不愧为西湖名胜之一。月夜原是神秘的，幽静的，凄清的，所以与其在歌吹喧阗、灯火辉煌的地方玩月，无宁在寂寥无人、幽暗阒静的所在。幽暗可以衬出月色皎洁，阒静可使观者的精神舒缓，与月冥合。平湖秋月的妙处，便是树多。树多即可增进幽暗。换句话说，就是此地能造成分外皎洁的月色。试想在这黑洞洞、四面又都是烟波渺茫的地方，望着水似的长空嵌着一轮明月，怎能不感到月色分外晶莹，水天分外寥廓？我们大家或坐在树下促膝谈心，或坐在船上叩舷高歌，或独立小石桥上对月凝思。“年年月华如练，长是人千里。”忽然有人凄然的念着，其声清切，如出金石，林木的枝柯似都为之颤动了。由平湖秋月登舟，过锦带桥，到断桥泊着。我们都到桥上步月。此时月已到中天，湖面的万道金光，竟变成一点明珠。回望葛岭，南屏诸山，只能于烟波深处得仿佛。整个西湖都浸在月华中了。

八

在如矢如砥的马路旁，耸立着枝叶茂密的树木，在枝叶茂密的树木中，透出星般的灯光。望去，纵月向前望去，路愈远愈窄，树愈远愈密，天愈远愈低；路、树、天的尽处，毗连处，渲染着一抹暮霞。

1934 年

人的价值或神的标准

史铁生

有回在外吃饭，餐厅里人不多，忽一个清晰的女声传来：人的价值不就是社会价值吗？”很是突兀，也不知此前是何铺陈。环顾四周，只见不远处坐了一对中年男女，男人仪表平平，女人着装时尚却似不够协调。见我注意他们，声音于是低下去，但我的听力却随之灵敏了许多。男的接着说：“不一样，我跟你说真的是不一样。”女的说：“怎么不一样？”男的抽烟，呆望着飘摇的烟缕。女的慢慢咀嚼，似胸有成竹。半天，男的又说：“你认为人的价值，仅仅是社会认定吗？”女的紧跟着问：“那你倒是说说，还有什么？”男的反问：“那你也说说，你所谓的社会价值都指什么？”这下轮到女的语塞了。很久，可能是发现有人仍在偷听，他们起身换了个座位；女的走过我身旁时不轻不重地扫了我一眼。

我当然不能跟过去，但天生的毛病——我开始在心里替那个女人问，然后帮那个男人答。那女人的问题简单说是这样：除了社会价值，莫非人还有什么单独的价值？也就是说：离开社会谈人的价值，是不是一句空话？但正如那男人所问，社会价值又是指什么呢？我想来想去，觉得只能是指社会贡献。故那女人的问题可以总结为：除了以社会贡献来衡量人的价值，不可能还有什么其他标准。是呀，人除了是社会的人，就剩下生理的人，总不会说还有个生理价值吧？

这么一绕可真是有点儿晕。不以社会贡献而论的“人的价值”，可有吗？是什么？这样一想还真是有点儿空。

那女人的声音忽又大起来：“那好，你举个例子！”

举个例子？什么例子？唔，我想我可以帮帮那个男人了。

透析，听说过吗？一种疗法。比如说你得了尿毒症，要死，有种疗法叫“透析”，透了你就能活，不透你很快就死。但这疗法价格昂贵，十几年前我开始透析的时候，人分两类——有公费医疗的和没有公费医疗的，后者若非“大款”，肯定是负担不起每年十几万的透析费。这就有问题了：假定公费医疗确实体现了社会贡献，那么没有公费医疗或尚无社会贡献的人，就该死吗？我曾亲眼见一农村青年，跟着他憔悴的母亲来透了几次，就打算结账回家了。那一刻透析室里一无声息，所有的人都知道这意味着什么。那时人们都在想什么？社会贡献，还是人的价值？（谢天谢地，据说就要实行“全民医保”了，但愿它能成功。）再譬如这次汶川大地震，救人时，料也不会有谁去想，压在废墟下的人社会价值如何吧。事实上，即便在那个阶级斗争最为疯狂的年代，在人们心底，人的价值也是独立于社会价值的——雷锋在帮助陌生人时，可曾想过他的社会贡献吗？

人的价值是神定的标准，即人一落生就已被认定的价值。想来，神的标准也有上下线之分，即“下要保底”——平等的人权，“上不封顶”——理想或信仰的无限追求。所以，人除了是社会的人，并不只剩下生理的人，人还是享有人权的人、追求理想和信仰的人。

而社会价值是人定的标准，是针对人性的缺憾而设的奖惩措施，想来实为无奈之举。譬如多劳多得，根本还是名与利的鼓舞。譬如种种名或利的排行榜，就像股市大盘；据说在股市中，投资与投机皆属必要，二者协同而成一双看不见的手，推动着我们丰衣足食。其实还有第三只手，即操纵股市的人——造假象以乱规则，伺机猎取暴利；这真与弄排行榜者同心同“德”——设虚衔以惑人心，从中收获权名。

有位大慈善家说过：富人之富（也可引申到名人之名），是社会发展的副产品，独占之是不道德的行为。我理解这意思是说：社会发展不可不赖于竞争，而竞争必致人分贫富，所以竞争乃富人与穷人的合作，合作的副产品岂可归一方享有？换个角度，穷人之穷也是这合作的副产品，自然也不该由一方承担。隐隐地我们听到上帝的声音了。

或许可以这样说吧：人的价值即神的标准。社会价值是人的弱点使然。对社会价值斤斤计较或耿耿于怀，是不道德的行为。慈善事业，是以神的标准来弥补人的缺陷。而第三只手，从来就是偷儿的别名。

2008 年 5 月 27 日

致梁思成（节选）

//

林徽因

一

思成：

……

我现在正在由以养病为任务的一桩事上考验自己，要求胜利完成这个任务。在胃口方面和睡眠方面都已得到非常好的成绩，胃口可以得到九十分，睡眠八十分。现在最难的是气管，气管影响痰和呼吸又影响心跳甚为复杂，气管能进步一切最有把握，气管一坏，就全功尽废了。

我的工作现实限制在碑建会设计小组[①]的问题，有时是把几个有限的人力拉在一起组织一下分配一下工作，技术方面讨论如云纹，如碑的顶部；有时是讨论应如何集体向上级反映一些具体意见作一两种重要建

① 1952年5月，人民英雄纪念碑兴建委员会成立，负责纪念碑的设计与建造工作。该委员会由多位著名专家组成，如建筑学家梁思成和雕塑家刘开渠等。

议，今天就是刚开了一次会，有阮邱莫吴梁连我六人，前天已开过一次，拟了一信稿呈郑副主任和薛秘书长的，今天阮将所拟稿带来又修正了一次，今晚抄出大家签名明天可以发出（主要要求立即通知施工组停扎钢筋，美工合组事难定了，尚未开始，所以也趁此时再要求增加技术人员加强设计实力，反映我们对去掉大台认为对设计有利，可能将塑型改善，而减掉复杂性质的陈列室和厕所设备等等使碑的思想性明确单纯许多）。再冰小弟都曾回来，娘也好，一切勿念。

信到时可能已过三月廿一日了。

天安门追悼会的情形已见报，我不详写了。

昨李宗津由广西回来，还不知道你到莫斯科呢。

徽因 1953 年 3 月 12 日

二

思成：

今天是十六日。此刻黄昏六时，电灯没有来，房很黑又不能看书做事，勉强写这封信已快看不见了。十二日发一信后仍然忙于碑的事。今天小吴老莫都到城中开会去，我只能等听他们的传达报告了。讨论内容为何，几方面情绪如何，决议了什么具体办法，现在也无法知道。昨天是星期天，老金不到十点钟就来了，刚进门再冰也回来，接着小弟来了，此外无他人。谈得正好却又从无线电中传到捷克总统逝世消息。这种消息来在那样沉痛的斯大林同志的殡仪之后，令人发愣发呆，不能相信不幸的事可以这样的连着发生。大家心境又黯然了……中饭后老金小弟都走了。再冰留到下午六时，又不在三月结婚了，想改到国庆，理由是于中干说他希望在广州举行，那边他们两人的熟人多，条件好，再冰可以玩一趟。这次他来，时间不够也没有充分心理准备，六月又太热。我是什么都赞成。反正孩子高兴就好。

我的身体方面吃得那么好，睡得也不错，而不见胖，还是爱气促和闹清痰打呼噜出泡声，血脉不好好循环冷热不正常等等，所以疗养还要彻底，病状比从前深点，新陈代谢作用太坏，恢复的现象极不显著，也实在慢，今天我本应该打电话问校医室血沉率和痰化验结果的，今晚便可以打报告，但因害怕结果不完满因而不爱去问！

学习方面可以报告的除了报上主要政治文章和理论文章外，我连着看了四本书都是小说式传记。那是英雄的真人真事……还要和你谈什么呢？又已经到了晚饭时候，该吃饭了，只好停下来。（下午一人甚闷时，关肇业来坐一会儿，很好。太闷着看书觉到晕昏。）

（十六日晚写）

十七日续：

我最不放心的是你的健康问题，我想你的工作一定很重，你又容易疲倦，一边又吃 Rimifon 不知是否更易累和困，我的心里总惦着，我希望你停 Rimifon 吧，已经满两个半月了。苏联冷，千万注意呼吸器官的病。

昨晚老莫回来报告，大约把大台改低是人人同意，至于具体草图什么时候可以画出并决定，是真真伤脑筋的事，尤其是碑顶仍然意见分歧。

徽因匆匆写完 1953 年 3 月 17 日 午

沉默

朱自清

沉默是一种处世哲学，用得好时，又是一种艺术。

谁都知道口是用来吃饭的，有人却说是用来接吻的。我说满没有错儿；但是若统计起来，口的最多的（也许不是最大的）用处，还应该是说话，我相信。按照时下流行的议论，说话大约也算是一种“宣传”，自我的宣传。所以说话彻头彻尾是为自己的事。若有人一口咬定是为别人，凭了种种神圣的名字；我却也愿意让步，请许我这样说：说话有时的确只是间接地为自己，而直接的算是为别人！

自己以外有别人，所以要说话；别人也有别人的自己，所以又要少说话或不说话。于是乎我们要懂得沉默。你若念过鲁迅先生的《祝福》，一定会立刻明白我的意思。

一般人见生人时，大抵会沉默的，但也有不少例外。常在火车轮船里，看见有些人迫不及待似的到处向人问讯，攀谈，无论那是搭客或茶房，我只有羡慕这些人的健康；因为在中国这样旅行中，竟会不感觉一点儿疲倦！见生人的沉默，大约由于原始的恐惧，但是似乎也还有别的。假如这个生人的名字，你全然不熟悉，你所能做的工作，自然只是有意或无意的防御——像防御一个敌人。沉默便是最安全的防御战略。你不一定要他知道你，更不想让他发现你的可笑的地方——一个人总有些可笑的地方不是？——你只让他尽量说他所要说的，若他是个爱说的人。末了你恭恭敬敬和他分别。假如这个生人，你愿意和他做朋友，你也还是得沉默。但是得留心听他的话，选出几处，加以简短的，相当的赞词；至少也得表示相当的同意。这就是知己的开场，或说起码的知己也可。假如这个人是你所敬仰的或未必敬仰的“大人物”，你记住，更不可不沉默！大人物的言语，乃至脸色眼光，都有异样的地方；你最好远远地坐着，让那些勇敢的同伴上前线去。——自然，我说的只是你偶然地遇着或随众访问大人物的时候。若你愿意专诚拜谒，你得另想办法；在我，那却是一件可怕的事。——你看看大人物与非大人物或大人物与大人物间谈话的情形，准可以满足，而不用从牙缝里迸出一个字。说话是一件费神的事，能少说或不说以及应少说或不说的时候，沉默实在是长寿之一道。至于自我宣传，诚哉重要——谁能不承认这是重要呢？——但对于生人，这是白费的；他不会领略你宣传的旨趣，只暗笑你的宣传热；他会忘记得干干净净，在和你一鞠躬或一握手以后。

朋友和生人不同，就在他们能听也肯听你的说话——宣传。这不用说是交换的，但是就是交换的也好。他们在不同的程度下了解你，谅解你；他们对于你有了相当的趣味和礼貌。你的话满足他们的好奇心，他们就趣味地听着；你的话严重或悲哀，他们因为礼貌的缘故，也能暂时跟着你严重或悲哀。在后一种情形里，满足的是你；他们所真感到的怕倒是矜持的气氛。他们知道“应该”怎样做；这其实是一种牺牲，“应该”也“值得”感谢的。但是即使在知己的朋友面前，你的话也还不应该说得太多；同样的故事，情感，和警句，隽语，也不宜重复的说。《祝福》就是一个好榜样。你应该相当的节制自己，不可妄想你的话占领朋友们整个的心——你自己的心，也不会让别人完全占领呀。你更应该知道怎样藏匿你自己。只有不可知，不可得的，才有人去追求；你若将所有的尽给了别人，你对于别人，对于世界，将没有丝毫意义，正和医学生实习解剖时用过的尸体一样。那时是不可思议的孤独，你将不能支持自己，而倾仆到无底的黑暗里去。一个情人常喜欢说：“我愿意将所有的都献给你！”谁真知道他或她所有的是些什么呢？第一个说这句话的人，只是表示自己的慷慨，至多也只是表示一种理想；以后跟着说的，更只是“口头禅”而已。所以朋友间，甚至恋人间，沉默还是不可少的。你的话应该像黑夜的星星，不应该像除夕的爆竹——谁稀罕那彻宵的爆竹呢？而沉默有时更有诗意。譬如在下午，在黄昏，在深夜，在大而静的屋子里，短时的沉默，也许远胜于连续不断的倦怠了的谈话。有人称这种境界为“无言之美”，你瞧，多漂亮的名字！——至于所谓“拈花微笑”，那更了不起了！

可是沉默也有不行的时候。人多时你容易沉默下去，一主一客时，就不准行。你的过分沉默，也许把你的生客惹恼了，赶跑了！倘使你愿意赶他，当然很好；倘使你不愿意呢，你就得不时的让他喝茶，抽烟，看画片，读报，听话匣子，偶然也和他谈谈天气，时局——只是复述报纸的记载，加上几个不能解决的疑问——，总以引他说话为度。于是你点点头，哼哼鼻子，时而叹叹气，听着。他说完了，你再给起个头，照样的听着。但是我的朋友遇见过一个生客，他是一位准大人物，因某种礼貌关系去看我的朋友。他坐下时，将两手笼起，搁在桌上。说了几句话，就止住了，两眼炯炯地直看着我的朋友。我的朋友窘极，好容易陆陆续续地找出一句半句话来敷衍。这自然也是沉默的一种用法，是上司对属僚保持威严用的。用在一般交际里，未免太露骨了；而在上述的情形中，不为主人留一些余地，更属无礼。大人物以及准大人物之可怕，正在此等处。至于应付的方法，其实倒也有，那还是沉默；只消照样笼了手，和他对看起来，他大约也就无可奈何了罢？

考而不死是为神

//

老舍

考试制度是一切制度里最好的，它能把人支使得不像人了，而把脑子严格的分成若干小块块。一块装历史，一块装化学，一块……

比如早半天考代数，下午考历史，在午饭的前后你得把脑子放在两个抽屉里，中间连一点缝子也没有才行。设若你把 X + Y 和一八二八弄到一处，或者找唐朝的指数，你的分数恐怕是要在二十上下。你要晓得，状元得来个一百分呀。得这么着：上午，你的一切得是代数，仿佛连你是黄帝的子孙，和姓字名谁，全根本不晓得。你就像刚由方程式里钻出来，全身的血脉都是 X 和 Y。赶到刚一交卷，你立刻成了历史，向来没听说过代数是什么。亚力山大、秦始皇等就是你的爱人，连他们的生日是某年某月某时都知道。代数与历史千万别联宗，也别默想二者的有无关系，你是赴考呀，赴考的期间你别自居为人，你是个会吐代数，吐历史的机器。

这样考下去，你把各样功课都吐个不大离，好了，你可以现原形了；

睡上一天一夜，醒来一切茫然，代数历史化学诸般武艺通通忘掉，你这才想起“妹妹我爱你”。这是种蛇脱皮的工作，旧皮脱尽才能自由；不然，你这条蛇不曾得到文凭，就是你爱妹妹，妹妹也不爱你，准的。

最难的是考作文。在化学与物理中间，忽然叫你“人生于世”。你的脑子本来已分成若干小块，分得四四方方，清清楚楚，忽然来了个没有准地方的东西，东扑扑个空，西扑扑个空，除了出汗没有合适的办法。你的心已冷两三天，忽然叫你拿出情绪作用，要痛快淋漓，慷慨激昂，假如题目是“爱国论”，或“天下兴亡匹夫有责”；你的心要是不跳吧，笔下便无血无泪；跳吧，下午还考物理呢。把定律们都跳出去，或是跳个乱七八糟，爱国是爱了，而定律一乱则没有人替你整理，怎办？幸而不是爱国论，是山中消夏记，心无须跳了。可是，得有诗意呀。仿佛考完代数你更文雅了似的！假如你能逃出这一关去，你便大有希望了，够分不够的，反正你死不了了。被“人生于世”憋死，不是什么稀罕的事。

说回来，考试制度还是最好的制度。被考死的自然无须用提。假若考而不死，你放胆活下去吧，这已明明告诉你，你是十世童男转身。

1934 年 7 月

航船中的文明

朱自清

第一次乘夜航船，从绍兴府桥到西兴渡口。

绍兴到西兴本有汽油船。我因急于来杭，又因年来逐逐于火车轮船之中，也想“回到”航船里，领略先代生活的异样的趣味；所以不顾亲戚们的坚留和劝说（他们说航船里是很苦的），毅然决然的于下午六时左右下了船。有了“物质文明”的汽油船，却又有“精神文明”的航船，使我们徘徊其间，左右顾而乐之，真是二十世纪中国人的幸福了！

航船中的乘客大都是小商人；两个军弁是例外。满船没有一个士大夫；我区区或者可充个数儿，——因为我曾读过几年书，又忝为大夫之后——但也是例外之例外！真的，那班士大夫到哪里去了呢？这不消说得，都到了轮船里去了！士大夫虽也擎着大旗拥护精神文明，但千虑不免一失，竟为那物质文明的孙儿，满身洋油气的小玩意儿骗得定定的，忍心害理的撇了那老相好。于是航船虽然照常行驶，而光彩已减少许多！这确是一件可以慨叹的事；而“国粹将亡”的呼声，似也不是徒然的了。呜呼，是谁之咎欤？

既然来到这“精神文明”的航船里，正可将船里的精神文明考察一番，才不虚此一行。但从哪里下手呢？这可有些为难，踌躇之间，恰好来了一个女人。——我说“来了”，仿佛亲眼看见，而孰知不然；我知道她“来了”，是在听见她尖锐的语音的时候。至于她的面貌，我至今还没有看见呢。这第一要怪我的近视眼，第二要怪那袭人的暮色，第三要怪——哼——要怪那“男女分坐”的精神文明了。女人坐在前面，男人坐在后面；那女人离我至少有两丈远，所以便不可见其脸了。且慢，这样左怪右怪，“其词若有憾焉”，你们或者猜想那女人怎样美呢。而孰知又大大的不然！我也曾“约略的”看来，都是乡下的黄面婆而已。至于尖锐的语音，那是少年的妇女所常有的，倒也不足为奇。然而这一次，那来了的女人的尖锐的语音竟致劳动区区的执笔者，却又另有缘故。在那语音里，表示出对于航船里精神文明的抗议；她说，“男人女人都是人！”她要坐到后面来，（因前面太挤，实无他故，合并声明，）而航船里的“规矩”是不许的。船家拦住她，她仗着她不是姑娘了，便老了脸皮，大着胆子，慢慢的说了那句话。她随即坐在原处，而“批评家”的议论繁然了。一个船家在船沿上走着，随便的说，“男人女人都是人，是的，不错。做秤钩的也是铁，做秤锤的也是铁，做铁锚的也是铁，都是铁呀！”这一段批评大约十分巧妙，说出诸位“批评家”所要说的，于是众喙都息，这便成了定论。至于那女人，事实上早已坐下了；“孤掌难鸣”，或者她饱饫了诸位“批评家”的宏论，也不要鸣了罢。“是非之心”，虽然“人皆有之”，而撑船经商者流，对于名教之大防，竟能剖辨得这样

“详明”，也着实亏他们了。中国毕竟是礼义之邦，文明之古国呀！——我悔不该乱怪那“男女分坐”的精神文明了！

“祸不单行”，凑巧又来了一个女人。她是带着男人来的。——呀，带着男人！正是；所以才“祸不单行”呀！——说得满口好绍兴的杭州话，在黑暗里隐隐露着一张白脸；带着五六分城市气。船家照他们的“规矩”，要将这一对儿生刺刺的分开；男人不好意思作声，女的却抢着说，“我们是‘一堆生’[①]的！”太亲热的字眼，竟在“规规矩矩的”航船里说了！于是船家命令的嚷道：“我们有我们的规矩，不管你‘一堆生’不‘一堆生’的！”大家都微笑了。有的沉吟的说：“一堆生的？”有的惊奇的说：“一‘堆’生的！”有的嘲讽的说：“哼，一堆生的！”在这四面楚歌里，凭你怎样伶牙俐齿，也只得服从了！“妇者，服也”，这原是她的本行呀。只看她毫不置辩，毫不懊恼，还是若无其事的和人攀谈，便知她确乎是“服也”了。这不能不感谢船家和乘客诸公“卫道”之功；而论功行赏，船家尤当首屈一指。呜呼，可以风矣！

在黑暗里征服了两个女人，这正是我们的光荣；而航船中的精神文明，也粲然可见了——于是乎书。

1924年5月3日

① 一堆生：原注，“一块儿”也。

出版说明

本书收录了现、当代多位不同时期作者的散文、随笔等作品，由于部分文章写成时间较早，当时的语法、语境、外国人名、地名等用法均与当下有所不同，为尊重作者原著，除个别必要的调整外，均保留了当时用法（譬如：叫做、当做、那末、甚么、罢……）。

为了方便读者阅读，在每篇文末保留了作品的创作时间或首次发表时间（个别时间无法核实的除外）。为了保持整本书的体例统一，不再列明每篇文章发表时的刊名或者书名。

由于编者能力有限，在编辑整理本书时难免挂一漏万，还望读者指正！